Racine
Andromaque (1667)

Texte intégral

LE DOSSIER
Une tragédie classique

L'ENQUÊTE HISTOIRE DES ARTS
Le personnage d'Andromaque dans l'art et la littérature

Notes et dossier
Hélène Ricard
agrégée de lettres classiques

Collection dirigée par
Bertrand Louët

Hatier

Sommaire

OUVERTURE

Baron Pierre-Narcisse Guérin, Andromaque et Pyrrhus, *1813. Bordeaux, musée des Beaux-Arts.*

ISBN : 978-2-218-96672-9

Andromaque

LE DOSSIER

Une tragédie classique

L'ENQUÊTE HISTOIRE DES ARTS

Les mots suivis d'un * sont définis dans le lexique p. 148.

Qui sont les personnages ?

Les personnages principaux

ANDROMAQUE

Veuve d'Hector, le héros troyen tué par Achille à la fin de la guerre de Troie, elle est désormais l'esclave de Pyrrhus, qui s'est épris d'elle. Mais Andromaque est fidèle à la mémoire de son époux et n'a qu'un souhait : protéger son fils Astyanax, prisonnier avec elle à la cour de Pyrrhus.

PYRRHUS

Roi d'Épire, il est fiancé à Hermione mais c'est Andromaque qu'il aime. Pour obtenir ses faveurs, il se livre à un affreux chantage : la veuve d'Hector doit l'épouser ou bien il tuera son fils. Si Pyrrhus est un personnage déterminé, parfois cruel, il est aussi esclave de la passion amoureuse.

Les personnages secondaires

CLÉONE

Confidente d'Hermione, elle n'a aucune influence sur sa maîtresse, trop passionnément éprise de Pyrrhus pour écouter ses conseils. Elle est le lien entre Hermione et les autres personnages.

ORESTE

Oreste, fils d'Agamemnon, chef des Grecs lors de la guerre de Troie, est un personnage marqué par le malheur. Il aime Hermione, qui ne l'aime pas. Balloté entre l'espoir et le désespoir tout au long de la pièce, il finit par sombrer dans la folie.

HERMIONE

Hermione est la fille du roi de Sparte, Ménélas, vainqueur des Troyens aux côtés de son frère Agamemnon pendant la guerre de Troie. Elle aime Pyrrhus qui, lui, ne l'aime pas. Désespérée, elle ordonne à Oreste, qui l'aime avec passion, d'assassiner Pyrrhus.

PYLADE

Pylade est le conseiller et l'ami fidèle d'Oreste. Plus lucide que lui, plus équilibré aussi, il voit avec tristesse son compagnon obéir à sa passion plutôt que d'écouter ses sages conseils.

CÉPHISE

Confidente d'Andromaque et tendrement attachée à Astyanax, elle pousse sa maîtresse à céder au chantage de Pyrrhus pour sauver son fils.

PHŒNIX

Conseiller de Pyrrhus, c'est un sage, qui tente – sans succès – de le raisonner et de lui rappeler que ses devoirs de roi doivent passer avant ses sentiments.

Quelle est l'histoire ?

Les circonstances

L'histoire se déroule à Buthrote, en Épire, juste après la guerre de Troie où les Grecs ont vaincu les Troyens après dix ans de combats. Andromaque, veuve inconsolable du chef troyen Hector, est l'esclave du roi Pyrrhus, avec son fils Astyanax. L'enfant pourrait vouloir un jour venger son père et les rois grecs ont décidé de le mettre à mort.

L'action

Acte I. Oreste vient réclamer à Pyrrhus, au nom des Grecs, la mort d'Astyanax. Mais il a aussi l'espoir de regagner le cœur d'Hermione, fiancée à Pyrrhus qu'elle aime avec passion. Or celui-ci aime Andromaque et il refuse de livrer Astyanax. Mais, rejeté par Andromaque, Pyrrhus la menace de sacrifier son fils si elle ne consent pas à l'épouser.

Acte II. Hermione, persuadée que Pyrrhus s'apprête à épouser Andromaque, accepte de voir Oreste. Celui-ci lui demande de retourner en Grèce avec lui. Hermione refuse de le suivre à moins que Pyrrhus ne le lui demande. Mais Pyrrhus annonce à Oreste qu'il a changé d'avis : il va livrer Astyanax.

Acte III. Oreste, désespéré, veut enlever Hermione. Andromaque supplie la jeune fille d'intercéder auprès de Pyrrhus pour qu'il épargne son fils. Hermione refuse. La veuve d'Hector s'adresse alors à Pyrrhus qui réitère son chantage : si elle l'épouse, Astyanax aura la vie sauve. Céphise lui conseille d'accepter.

Acte IV. Après s'être rendue sur le tombeau d'Hector, Andromaque accepte d'épouser Pyrrhus mais, dit-elle à Céphise, elle se donnera la mort immédiatement après. Hermione apprend que le mariage se prépare. Folle d'amour et de rage, elle ordonne à Oreste d'assassiner Pyrrhus.

Acte V. Hermione se rend compte qu'elle a fait une folie en demandant à Oreste de tuer Pyrrhus, qu'elle aime en dépit de tout. Mais il est trop tard : Oreste vient lui annoncer la mort de Pyrrhus. Hermione le rejette avec violence et court se poignarder sur le cadavre de Pyrrhus. Oreste sombre dans la folie.

Le but

Andromaque remplit les fonctions que l'on attend d'une tragédie : susciter la crainte et la pitié. Mais Racine, tout en reprenant un thème et une histoire déjà présents dans la mythologie et la littérature antiques, leur donne une couleur qui lui est propre. Il crée en effet des personnages véritablement habités par la passion amoureuse, dont les sentiments peuvent toucher tous les spectateurs.

Qui est l'auteur ?

Jean Racine (1639-1699)

● LA FORMATION

Jean Racine est issu d'une famille de la moyenne bourgeoisie. Orphelin à 4 ans, il est confié aux religieuses de Port-Royal-des-Champs. Dans les écoles rattachées à ce monastère tenu par les jansénistes, chrétiens très rigoureux, il reçoit un enseignement d'une grande qualité. Son *Ode à la Nymphe de la Seine* composée à l'occasion du mariage de Louis XIV avec Marie-Thérèse d'Autriche, en 1660, lui ouvre les portes de la carrière littéraire.

● L'HOMME DE THÉÂTRE

Ses deux premières pièces, *La Thébaïde* (1664) et *Alexandre le Grand* (1665), ne rencontrent pas un grand succès. C'est avec *Andromaque*, sa troisième pièce, qu'il triomphe enfin. Entre 1667 et 1677, il écrit sept pièces à succès : une comédie, *Les Plaideurs* (1668), et six tragédies inspirées de l'Antiquité : *Britannicus* (1669), *Bérénice* (1670), *Bajazet* (1672), *Mithridate* (1673), *Iphigénie* (1674), *Phèdre* (1677).

● À LA COUR DU ROI

Racine obtient très tôt les faveurs du roi. En 1673 il est reçu à l'Académie française et en 1677 il est nommé historiographe du roi. C'est à ce moment qu'il revient aux valeurs chrétiennes de son enfance. Ses deux dernières pièces (*Esther* et *Athalie*) sont des tragédies bibliques. À sa mort, le 21 avril 1699, il est enterré à Port-Royal.

	1639	1655	1664	1665	1667
VIE DE RACINE	Naissance de Racine à La Ferté-Milon	Début de ses études, à Port-Royal	*La Thébaïde*, première tragédie jouée par la troupe de Molière	Création d'*Alexandre*. Brouille avec Molière	Création d'*Andromaque* dans les appartements de la reine

	1638	1643	1648-1653	1655	1659	1661
HISTOIRE ET LITTÉRATURE	Naissance de Louis XIV	Louis XIV, roi de France. Régence d'Anne d'Autriche avec Mazarin	Révolte de la Fronde	*Clélie*, roman galant de Mlle de Scudéry	*Œdipe*, tragédie de Corneille. Paix des Pyrénées	Début du règne personnel de Louis XIV

Que se passe-t-il à l'époque ?

Sur le plan politique

● LE RÈGE DE LOUIS XIV (1643-1715)

Louis XIV devient roi à l'âge de 5 ans et règne 72 ans. Il s'installe à Versailles et s'entoure des plus grands artistes du temps, dont le prestige rejaillit sur le royaume. Il exerce un pouvoir absolu.

● LE CATHOLICISME

Le catholicisme est la religion officielle. Louis XIV, roi de droit divin, en est le garant. En 1685, il révoque l'édit de Nantes qui permettait aux protestants de pratiquer leur religion. Les jansénistes, qui s'opposent aux jésuites, ont une pratique très stricte du catholicisme. C'est parmi eux que Racine est élevé et vers eux qu'il se tourne à la fin de sa vie.

Dans le domaine artistique

● LE RENOUVEAU CLASSIQUE

Au XVIIe siècle, on assiste à la naissance d'un art et d'une littérature dont la référence est l'Antiquité. Les règles du théâtre classique sont élaborées à partir de la *Poétique* du Grec Aristote.

● LE GRAND SIÈCLE DU THÉÂTRE

La période classique est dominée par les créations de Molière pour la comédie et de Racine et Corneille pour la tragédie. En 1680, Louis XIV crée la Comédie-Française, troupe composée de 27 comédiens choisis par le roi.

● LES ARTS À L'HONNEUR

Versailles est le centre de la création artistique, avec ses architectes, son jardinier, ses peintres, ses sculpteurs, tous protégés par le « Roi-Soleil ».

1668 *Les Plaideurs*, comédie

1669 *Britannicus*, tragédie

1673 *Iphigénie*, tragédie. Racine reçu à l'Académie française

1677 *Phèdre*, tragédie

1689 *Esther*, tragédie biblique

1691 *Athalie*, tragédie biblique

1699 Mort de Racine (21 avril)

1664 Molière, *Tartuffe*

1666 Molière, *Le Médecin malgré lui*

1668 Molière, *L'Avare*. La Fontaine, *Fables* (I à VI)

1673 Molière, *Le Malade Imaginaire*. Mort de Molière

1680 Création de la Comédie-Française

1683 La cour s'installe à Versailles

1685 Révocation de l'édit de Nantes

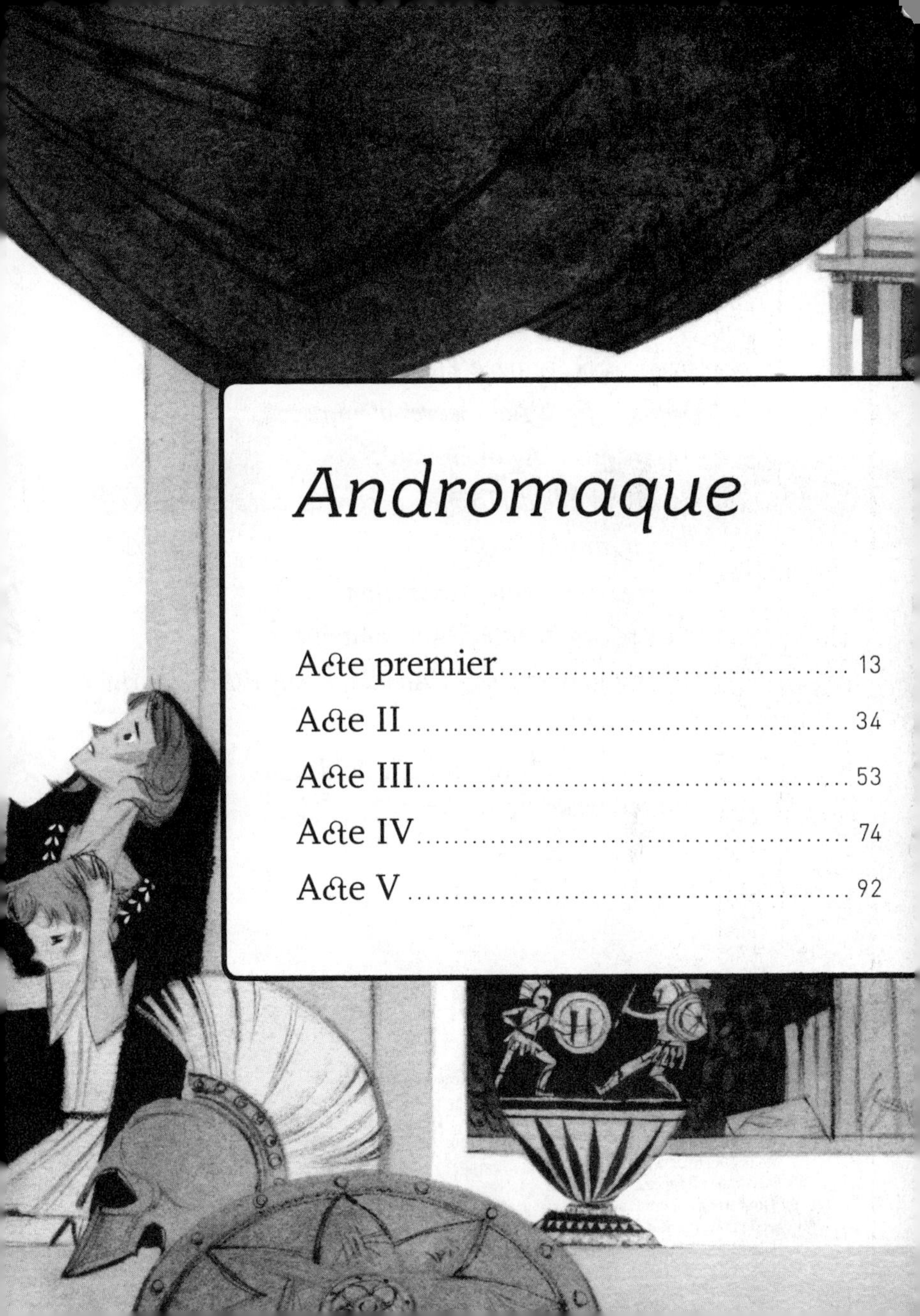

Andromaque

Andromaque

Tragédie

LES PERSONNAGES

ANDROMAQUE, *veuve d'Hector*[1], *captive de Pyrrhus.*

PYRRHUS, *fils d'Achille, roi d'Épire*[2].

ORESTE, *fils d'Agamemnon*[3].

HERMIONE, *fille d'Hélène*[4], *accordée*[5] *avec Pyrrhus.*

PYLADE, *ami d'Oreste.*

CLÉONE, *confidente d'Hermione.*

CÉPHISE, *confidente d'Andromaque.*

PHŒNIX, *gouverneur*[6] *d'Achille, et ensuite de Pyrrhus.*

SUITE D'ORESTE.

La scène est à Buthrote, ville d'Épire, dans une salle du palais de Pyrrhus.

1. **Hector** : chef des Troyens pendant la guerre de Troie, tué par Achille, héros grec père de Pyrrhus.
2. **Épire** : royaume situé au nord-ouest de la Grèce.
3. **Agamemnon** : chef des Grecs pendant la guerre de Troie.
4. **Hélène** : femme du roi de Sparte, Ménélas. Son enlèvement par le Troyen Pâris est la cause de la guerre de Troie.
5. **Accordée** : fiancée.
6. **Gouverneur** : personne en charge de l'éducation et de la formation d'un jeune prince.

Acte premier

SCÈNE 1 – ORESTE, PYLADE

ORESTE

Oui[1], puisque je retrouve un ami si fidèle●,
Ma fortune va prendre une face nouvelle[2] ;
Et déjà son courroux[3] semble s'être adouci
Depuis qu'elle a pris soin de nous rejoindre[4] ici.
Qui l'eût dit, qu'un rivage à mes vœux si funeste[5]
Présenterait d'abord[6] Pylade aux yeux d'Oreste ?
Qu'après plus de six mois que je t'avais perdu●,
À la cour de Pyrrhus tu me serais rendu ?

PYLADE

J'en rends grâces au ciel[7] qui, m'arrêtant sans cesse,
Semblait m'avoir fermé le chemin de la Grèce,
Depuis le jour fatal que[8] la fureur des eaux
Presque aux yeux de l'Épire écarta[9] nos vaisseaux.
Combien, dans cet exil, ai-je souffert d'alarmes[10] !

1. Trois pièces de Racine commencent par « Oui » : *Andromaque, Iphigénie, Athalie.*
2. Ma vie va changer.
3. **Courroux** : colère (celle de la fortune, du destin). Oreste semble en effet connaître un sort plus paisible depuis qu'il a retrouvé son ami Pylade.
4. Depuis que le sort (la fortune) nous a réunis.
5. C'est là qu'Oreste avait cru son ami mort et là aussi que vit Hermione qui l'a rendu si malheureux.
6. **D'abord** : aussitôt, dès le premier instant.
7. Je remercie les dieux.
8. **Que** : où.
9. Nous sépara alors que nous étions presque arrivés, que nous pouvions voir la côte de l'Épire.
10. Ai-je éprouvé de grandes inquiétudes.

● **Oreste et Pylade, dans la littérature antique, sont toujours représentés comme des amis inséparables. Ils incarnent pour la postérité le symbole même de l'amitié.**

● **Certains héros grecs ont eu des difficultés à revenir de Troie. Ulysse a mis dix ans à le faire : c'est le sujet de l'*Odyssée* d'Homère. Oreste pensait que Pylade avait fait naufrage.**

Combien à vos malheurs ai-je donné de larmes,
Craignant toujours pour vous quelque nouveau danger
Que ma triste amitié ne pouvait partager !
Surtout je redoutais cette mélancolie●
Où j'ai vu si longtemps votre âme ensevelie.
Je craignais que le ciel, par un cruel secours[1],
Ne vous offrît la mort que vous cherchiez toujours.
Mais je vous vois, Seigneur ; et si j'ose le dire,
Un destin plus heureux vous conduit en Épire :
Le pompeux appareil[2] qui suit ici vos pas
N'est point d'un malheureux qui cherche le trépas[3].

ORESTE

Hélas ! qui peut savoir le destin qui m'amène[4] ?
L'amour me fait ici chercher une inhumaine[5].
Mais qui sait ce qu'il doit ordonner de mon sort[6],
Et si je viens chercher ou la vie ou la mort ?

PYLADE

Quoi ? votre âme à l'amour en esclave asservie
Se repose sur lui du soin de votre vie[7] ?
Par quel charme[8], oubliant tant de tourments soufferts,

1. En vous rendant service de façon cruelle.
2. **Pompeux appareil** : cortège solennel.
3. **Trépas** : mort.
4. Qui peut savoir pour quelle raison je viens ici ?
5. **Inhumaine** : femme cruelle, sans pitié. Terme du vocabulaire amoureux classique. Aux yeux d'Oreste Hermione est cruelle envers lui parce qu'elle ne l'aime pas.
6. Mais qui sait quel sort l'amour me réserve.
7. Laisse l'amour décider de votre vie.
8. **Charme** : pouvoir magique, sortilège.

● **Le mot a un sens très fort. À l'époque de Racine, on pensait que quatre « humeurs » se trouvaient dans le corps : la bile, le sang, la pituite, la mélancolie (bile noire ou atrabile). La rupture de l'équilibre entre ces humeurs égales était considérée comme la cause des maladies. Ainsi, une trop grande quantité de mélancolie provoque une tristesse maladive. Or l'âme d'Oreste est « ensevelie » dans la mélancolie.**

Pouvez-vous consentir à rentrer dans ses fers● ?
Pensez-vous qu'Hermione, à Sparte inexorable,
Vous prépare en Épire un sort plus favorable[1] ?
Honteux d'avoir poussé tant de vœux superflus[2],
Vous l'abhorriez[3] ; enfin vous ne m'en parliez plus.
Vous me trompiez, Seigneur.

ORESTE

Je me trompais moi-même !
Ami, n'accable point un malheureux qui t'aime.
T'ai-je jamais caché mon cœur et mes désirs ?
Tu vis naître ma flamme[4] et mes premiers soupirs.
Enfin, quand Ménélas disposa de sa fille
En faveur de Pyrrhus[5], vengeur de sa famille●,
Tu vis mon désespoir ; et tu m'as vu depuis
Traîner de mers en mers ma chaîne et mes ennuis[6].
Je te vis à regret, en cet état funeste[7],
Prêt à suivre partout le déplorable[8] Oreste,
Toujours de ma fureur[9] interrompre le cours,
Et de moi-même enfin me sauver tous les jours.
Mais quand je me souvins que parmi tant d'alarmes

1. Pourquoi Hermione répondrait-elle favorablement à votre amour en Épire alors qu'à Sparte elle l'avait rejeté et s'était montrée « inexorable », c'est-à-dire impossible à convaincre ?
2. Honteux de lui avoir exprimé vos sentiments si souvent et sans aucun résultat.
3. **Abhorriez** : détestiez.
4. Tu vis naître mon amour (pour Hermione).
5. Quand Ménélas promit sa fille en mariage à Pyrrhus.
6. **Ma chaîne** : la chaîne amoureuse qui l'attache à Hermione ; **ennuis** : tourments.
7. Alors que je voulais mourir.
8. **Déplorable** : malheureux.
9. **Fureur** : folie furieuse, qui pousse Oreste à vouloir se tuer parce qu'Hermione ne l'aime pas.

● **« Dans ses fers » est une métaphore galante*. Les « fers » sont les chaînes de la passion amoureuse qui font de celui qui aime un prisonnier ou un esclave de l'amour.**

● **Par ses nombreux exploits décisifs pour la victoire des Grecs pendant la guerre de Troie, Pyrrhus a vengé l'honneur de Ménélas, dont la femme, la Belle Hélène, avait été enlevée par Pâris.**

Hermione à Pyrrhus prodiguait tous ses charmes[1],
Tu sais de quel courroux mon cœur alors épris[2]
Voulut en l'oubliant punir tous ses mépris[3].
Je fis croire et je crus ma victoire certaine ;
Je pris tous mes transports pour des transports de haine[4].
Détestant ses rigueurs[5], rabaissant ses attraits[6],
Je défiais ses yeux de me troubler jamais[7].
Voilà comme je crus étouffer ma tendresse.
En ce calme trompeur j'arrivai dans la Grèce,
Et je trouvai d'abord ses princes● rassemblés,
Qu'un péril assez grand semblait avoir troublés.
J'y courus. Je pensai que la guerre et la gloire
De soins plus importants rempliraient ma mémoire[8] ;
Que mes sens reprenant leur première vigueur,
L'amour achèverait de sortir de mon cœur.
Mais admire avec moi le sort dont la poursuite[9]
Me fit courir alors au piège que j'évite.
J'entends de tous côtés qu'on menace Pyrrhus ;
Toute la Grèce éclate en murmures confus ;

1. Quand il me revint en mémoire qu'Hermione était amoureuse de Pyrrhus et tentait de s'en faire aimer.
2. **Épris** : saisi.
3. **Ses mépris** : son comportement méprisant à l'égard de mon amour pour elle.
4. **Transports** : sentiments violents. Oreste prit les sentiments qu'il éprouvait pour de la haine.
5. **Rigueurs** : dureté.
6. **Attraits** : charme.
7. Je prenais le parti que plus jamais je n'éprouverais de désir en la regardant.
8. Je pensais qu'on allait m'envoyer au combat et que ces missions guerrières, en m'apportant honneur et renommée, me suffiraient pour oublier Hermione.
9. **Poursuite** : acharnement. Quoi qu'il fasse, Oreste est rattrapé par le sort. C'est le héros tragique par excellence.

● **La Grèce est alors constituée de plusieurs royaumes dont les princes s'étaient unis pendant la guerre de Troie.**

On se plaint qu'oubliant son sang[1] et sa promesse
Il élève en sa cour l'ennemi de la Grèce,
Astyanax, d'Hector jeune et malheureux fils,
Reste de tant de rois sous Troie ensevelis.
J'apprends que pour ravir son enfance au supplice
Andromaque trompa l'ingénieux Ulysse,
Tandis qu'un autre enfant, arraché de ses bras,
Sous le nom de son fils fut conduit au trépas.
On dit que peu sensible aux charmes d'Hermione
Mon rival porte ailleurs son cœur et sa couronne.
Ménélas, sans le croire, en paraît affligé,
Et se plaint d'un hymen[2] si longtemps négligé.
Parmi les déplaisirs où son âme se noie,
Il s'élève en la mienne une secrète joie :
Je triomphe ; et pourtant je me flatte[3] d'abord
Que la seule vengeance excite ce transport.
Mais l'ingrate en mon cœur reprit bientôt sa place :
De mes feux[4] mal éteints je reconnus la trace ;
Je sentis que ma haine allait finir son cours,
Ou plutôt je sentis que je l'aimais toujours.
Ainsi de tous les Grecs je brigue le suffrage[5].
On m'envoie à Pyrrhus ; j'entreprends ce voyage,
Je viens voir si l'on peut arracher de ses bras
Cet enfant[6] dont la vie alarme tant d'États.

1. Oubliant qu'il est le fils d'Achille, héros de la guerre de Troie.
2. **Hymen** : mariage.
3. **Je me flatte** : je me fais croire à moi-même.
4. **Feux** : passion amoureuse ; vocabulaire galant* classique.
5. Je demande à être désigné (comme ambassadeur) par tous les Grecs.
6. **Cet enfant** : il s'agit d'Astyanax.

Heureux si je pouvais, dans l'ardeur qui me presse,
Au lieu d'Astyanax, lui ravir ma princesse !
Car enfin n'attends pas que mes feux redoublés
Des périls les plus grands puissent être troublés.
Puisque après tant d'efforts ma résistance est vaine,
Je me livre en aveugle au destin qui m'entraîne.
J'aime : je viens chercher Hermione en ces lieux,
La fléchir[1], l'enlever, ou mourir à ses yeux.
Toi qui connais Pyrrhus, que penses-tu qu'il fasse ?
Dans sa cour, dans son cœur, dis-moi ce qui se passe.
Mon Hermione encor[2] le tient-elle asservi[3] ?
Me rendra-t-il, Pylade, un bien qu'il m'a ravi[4] ?

PYLADE

Je vous abuserais[5] si j'osais vous promettre
Qu'entre vos mains, Seigneur, il voulût la remettre.
Non que de sa conquête il paraisse flatté ;
Pour la veuve d'Hector ses feux ont éclaté[6] ;
Il l'aime. Mais enfin cette veuve inhumaine
N'a payé jusqu'ici son amour que de haine ;
Et chaque jour encore on lui voit tout tenter
Pour fléchir sa captive, ou pour l'épouvanter.
De son fils qu'il lui cache il menace la tête[7],
Et fait couler des pleurs qu'aussitôt il arrête.

1. **La fléchir** : l'attendrir.
2. **Encor** : encore ; licence poétique*.
3. Pyrrhus est-il encore amoureux d'Hermione ?
4. Avant d'être fiancée à Pyrrhus, Hermione l'avait été à Oreste.
5. **Je vous abuserais** : je vous tromperais.
6. Métaphore galante pour dire que Pyrrhus est tombé passionnément amoureux d'Andromaque.
7. Il menace de tuer Astyanax.

Hermione elle-même a vu plus de cent fois
Cet amant[1] irrité revenir sous ses lois,
Et de ses vœux troublés lui rapportant l'hommage[2],
Soupirer à ses pieds moins d'amour que de rage.
Ainsi n'attendez pas que l'on puisse aujourd'hui
Vous répondre d'un cœur si peu maître de lui :
Il peut, Seigneur, il peut, dans ce désordre extrême,
Épouser ce qu'il hait, et punir ce qu'il aime.

ORESTE

Mais dis-moi de quel œil Hermione peut voir
Son hymen différé, ses charmes sans pouvoir.

PYLADE

Hermione, Seigneur, au moins en apparence,
Semble de son amant dédaigner l'inconstance[3],
Et croit que trop heureux de fléchir sa rigueur[4]
Il la viendra presser de reprendre son cœur.
Mais je l'ai vue enfin me confier ses larmes ;
Elle pleure en secret le mépris de ses charmes.
Toujours prête à partir, et demeurant toujours,
Quelquefois elle appelle Oreste à son secours.

ORESTE

Ah ! si je le croyais, j'irais bientôt, Pylade,
Me jeter...

1. **Amant** : celui qui aime, qui est amoureux.
2. Pyrrhus revient vers Hermione non par amour mais par dépit, parce qu'il a essuyé un échec auprès d'Andromaque.
3. Hermione semble être indifférente au revirement de Pyrrhus qui était fiancé avec elle, puis s'est pris de passion pour Andromaque.
4. Hermione croit que Pyrrhus sera très heureux de la voir.

PYLADE

Achevez, Seigneur, votre ambassade[1].
Vous attendez le roi : parlez, et lui montrez
Contre le fils d'Hector tous les Grecs conjurés.
Loin de leur accorder ce fils de sa maîtresse[2],
Leur haine ne fera qu'irriter sa tendresse.
Plus on les veut brouiller, plus on va les unir.
Pressez[3], demandez tout, pour ne rien obtenir.
Il vient.

ORESTE

Eh bien ! va donc disposer la cruelle[4]
À revoir un amant qui ne vient que pour elle.

SCÈNE 2 – PYRRHUS, ORESTE, PHŒNIX

ORESTE

Avant que tous les Grecs vous parlent par ma voix,
Souffrez[5] que j'ose ici me flatter de leur choix,
Et qu'à vos yeux, Seigneur, je montre quelque joie
De voir le fils d'Achille et le vainqueur de Troie●.
Oui, comme ses exploits nous admirons vos coups :
Hector tomba sous lui, Troie expira sous vous ;

1. Accomplissez la mission qui vous a été confiée par les Grecs : demander la mort d'Astyanax.
2. **Maîtresse** : femme aimée.
3. **Pressez** : faites pression.
4. En demandant à Pyrrhus de sacrifier le fils de celle qu'il aime, Oreste est sûr de son refus. Et si Pyrrhus refuse, il ne peut plus épouser Hermione. Oreste aurait alors un espoir de la voir revenir vers lui.
5. **Souffrez** : permettez.

● **Hector est tué avant la fin de la guerre de Troie et c'est Pyrrhus qui, grâce à ses exploits, conduit la Grèce à la victoire finale sur les Troyens.**

Et vous avez montré, par une heureuse audace,
Que le fils seul d'Achille a pu remplir sa place.
Mais, ce qu'il n'eût point fait, la Grèce avec douleur
Vous voit du sang troyen relever le malheur[1],
Et vous laissant toucher d'une pitié funeste,
D'une guerre si longue entretenir le reste[2].
Ne vous souvient-il plus, Seigneur, quel fut Hector ?
Nos peuples affaiblis s'en souviennent encor[3].
Son nom seul fait frémir nos veuves et nos filles,
Et dans toute la Grèce il n'est point de familles
Qui ne demandent compte à ce malheureux fils
D'un père ou d'un époux qu'Hector leur a ravis.
Et qui sait ce qu'un jour ce fils peut entreprendre ?
Peut-être dans nos ports nous le verrons descendre,
Tel qu'on a vu son père embraser[4] nos vaisseaux,
Et, la flamme à la main, les suivre sur les eaux.
Oserai-je, Seigneur, dire ce que je pense ?
Vous-même de vos soins craignez la récompense,
Et que dans votre sein ce serpent élevé
Ne vous punisse un jour de l'avoir conservé.
Enfin de tous les Grecs satisfaites l'envie,
Assurez leur vengeance, assurez votre vie ;
Perdez un ennemi d'autant plus dangereux
Qu'il s'essaiera sur vous à combattre contre eux.

1. En laissant vivre Astyanax, Pyrrhus efface le malheur des Troyens et, par là, trahit la mémoire de son père.
2. **Le reste** : désigne Astyanax, qui est tout fce qui reste des Troyens.
3. **Encor** : encore ; licence poétique*.
4. **Embraser** : mettre le feu à.

PYRRHUS

La Grèce en ma faveur est trop inquiétée[1].
De soins plus importants je l'ai crue agitée[2],
Seigneur, et sur le nom de son ambassadeur,
J'avais dans ses projets conçu plus de grandeur.
Qui croirait en effet qu'une telle entreprise
Du fils d'Agamemnon méritât l'entremise ;
Qu'un peuple tout entier, tant de fois triomphant,
N'eût daigné conspirer que la mort d'un enfant ?
Mais à qui prétend-on que je le sacrifie ?
La Grèce a-t-elle encor quelque droit sur sa vie ?
Et seul de tous les Grecs ne m'est-il pas permis
D'ordonner[3] d'un captif que le sort m'a soumis ?
Oui, Seigneur, lorsqu'au pied des murs fumants de Troie
Les vainqueurs tout sanglants partagèrent leur proie●,
Le sort, dont les arrêts furent alors suivis[4],
Fit tomber en mes mains Andromaque et son fils.
Hécube[5] près d'Ulysse acheva sa misère ;
Cassandre[6] dans Argos a suivi votre père[7] ;
Sur eux, sur leurs captifs, ai-je étendu mes droits ?
Ai-je enfin disposé du fruit de leurs exploits ?
On craint qu'avec Hector Troie un jour ne renaisse ;
Son fils peut me ravir le jour que je lui laisse[8] :

1. La Grèce s'inquiète trop pour moi.
2. Je pensais qu'elle avait des préoccupations plus importantes.
3. **D'ordonner** : de disposer.
4. Les parts de butin ont été tirées au sort, et le résultat du tirage a été accepté par tous.
5. **Hécube** : veuve du roi de Troie Priam et mère d'Hector, elle fut donnée comme esclave à Ulysse.
6. **Cassandre** : sœur d'Hector.
7. **Votre père** : Agamemnon.
8. Son fils peut me tuer.

● **Après l'incendie qui a détruit Troie, les vainqueurs se sont partagé le butin dont font aussi partie les vaincus réduits au rang d'esclaves, coutume habituelle dans l'Antiquité.**

Seigneur, tant de prudence entraîne trop de soin ;
Je ne sais point prévoir les malheurs de si loin.
Je songe quelle était autrefois cette ville
Si superbe en remparts, en héros si fertile,
Maîtresse de l'Asie● ; et je regarde enfin
Quel fut le sort de Troie, et quel est son destin.
Je ne vois que des tours que la cendre a couvertes,
Un fleuve teint de sang, des campagnes désertes,
Un enfant dans les fers[1] ; et je ne puis songer
Que Troie en cet état aspire à se venger.
Ah ! si du fils d'Hector la perte était jurée[2],
Pourquoi d'un an entier l'avons-nous différée ?
Dans le sein de Priam[3] n'a-t-on pu l'immoler ?
Sous tant de morts, sous Troie, il fallait l'accabler[4].
Tout était juste alors : la vieillesse et l'enfance
En vain sur leur faiblesse appuyaient leur défense ;
La victoire et la nuit, plus cruelles que nous,
Nous excitaient au meurtre, et confondaient nos coups.
Mon courroux aux vaincus ne fut que trop sévère[5].
Mais que ma cruauté survive à ma colère ?
Que malgré la pitié dont je me sens saisir,
Dans le sang d'un enfant je me baigne à loisir ?
Non, Seigneur : que les Grecs cherchent quelque autre proie ;
Qu'ils poursuivent ailleurs ce qui reste de Troie :

1. **Dans les fers** : prisonnier.
2. **Jurée** : avait été décidée par serment.
3. Priam, père d'Hector, est le grand-père d'Astyanax.
4. Il fallait le faire mourir sous le poids des cadavres et des ruines de Troie.
5. Ma colère m'a poussé à être d'une dureté excessive avec les Troyens.

● **Troie se trouve en Asie Mineure, dénomination antique de la région qui correspond aujourd'hui à la partie asiatique de la Turquie.**

De mes inimitiés le cours est achevé[1] ;
L'Épire sauvera ce que Troie a sauvé[2].

ORESTE

Seigneur, vous savez trop avec quel artifice[3]
Un faux Astyanax fut offert au supplice
Où le seul fils d'Hector devait être conduit.
Ce n'est pas les Troyens, c'est Hector qu'on poursuit.
Oui, les Grecs sur le fils persécutent le père ;
Il a par trop de sang acheté leur colère,
Ce n'est que dans le sien qu'elle peut expirer,
Et jusque dans l'Épire il les peut attirer.
Prévenez-les[4].

PYRRHUS

Non, non. J'y consens avec joie !
Qu'ils cherchent dans l'Épire une seconde Troie ;
Qu'ils confondent leur haine, et ne distinguent plus
Le sang qui les fit vaincre et celui des vaincus.
Aussi bien ce n'est pas la première injustice
Dont la Grèce d'Achille a payé le service●.
Hector en profita, Seigneur ; et quelque jour
Son fils en pourrait bien profiter à son tour.

1. Je n'ai plus de haine (« inimitiés ») pour personne.
2. Puisque Pyrrhus n'a pas jugé bon de tuer Astyanax à Troie en temps de guerre, il n'a aucune raison de le faire en Épire en temps de paix.
3. **Artifice** : ruse ;
4. **Prévenez-les** : faites-le avant eux (tuer Astyanax) ;

● **Allusion à Agamemnon, père d'Oreste, qui, en s'attribuant abusivement l'esclave destinée à Achille, père de Pyrrhus, a déclenché la colère d'Achille et son retrait du combat, privant l'armée grecque de son meilleur soutien. C'est le sujet de l'*Iliade* d'Homère.**

ORESTE

Ainsi la Grèce en vous trouve un enfant rebelle ?

PYRRHUS

Et je n'ai donc vaincu que pour dépendre d'elle ?

ORESTE

Hermione, Seigneur, arrêtera vos coups[1] :
Ses yeux s'opposeront entre son père et vous●.

PYRRHUS

Hermione, Seigneur, peut m'être toujours chère,
Je puis l'aimer, sans être esclave de son père ;
Et je saurai peut-être accorder quelque jour
Les soins de ma grandeur et ceux de mon amour.
Vous pouvez cependant voir la fille d'Hélène● :
Du sang qui vous unit je sais l'étroite chaîne[2].
Après cela, Seigneur, je ne vous retiens plus,
Et vous pourrez aux Grecs annoncer mon refus.

SCÈNE 3 – PYRRHUS, PHŒNIX

PHŒNIX

Ainsi vous l'envoyez aux pieds de sa maîtresse[3] ?

1. Hermione vous fera changer d'avis.
2. Oreste et Hermione sont doublement cousins : leurs pères sont frères et leurs mères sont sœurs.
3. **Sa maîtresse** : la femme qu'il aime, la maîtresse de son cœur.

● **Le père d'Hermione, Ménélas, est roi de Sparte et, à ce titre, l'un de ceux qui envoient Oreste auprès de Pyrrhus pour réclamer la mort d'Astyanax.**

● **En désignant Hermione comme « fille d'Hélène », Pyrrhus rappelle implicitement que sa propre mère a choisi le camp des Troyens puisque c'est son amour pour Pâris, frère d'Hector, qui a déclenché la guerre de Troie.**

PYRRHUS

On dit qu'il a longtemps brûlé pour la princesse.

PHŒNIX

Mais si ce feu, Seigneur, vient à se rallumer ?
S'il lui rendait son cœur, s'il s'en faisait aimer ?

PYRRHUS

Ah ! qu'ils s'aiment, Phœnix ! J'y consens. Qu'elle parte.
Que charmés l'un de l'autre ils retournent à Sparte !
Tous nos ports sont ouverts et pour elle et pour lui.
Qu'elle m'épargnerait de contrainte et d'ennui[1] !

PHŒNIX

Seigneur...

PYRRHUS

Une autre fois je t'ouvrirai mon âme :
Andromaque paraît.

SCÈNE 4 – PYRRHUS, ANDROMAQUE, CÉPHISE

PYRRHUS

Me cherchiez-vous, Madame ?
Un espoir si charmant me serait-il permis ?

ANDROMAQUE

Je passais jusqu'aux lieux où l'on garde mon fils.
Puisqu'une fois le jour vous souffrez que je voie[2]
Le seul bien qui me reste et d'Hector et de Troie,

1. **Ennui** : tourment.
2. Puisque vous me permettez de le voir une fois par jour.

J'allais, Seigneur, pleurer un moment avec lui :
Je ne l'ai point encore embrassé d'aujourd'hui.

PYRRHUS

Ah, Madame ! les Grecs, si j'en crois leurs alarmes[1],
Vous donneront bientôt d'autres sujets de larmes.

ANDROMAQUE

Et quelle est cette peur dont leur cœur est frappé,
Seigneur ? Quelque Troyen vous est-il échappé ?

PYRRHUS

Leur haine pour Hector n'est pas encore éteinte.
Ils redoutent son fils.

ANDROMAQUE

Digne objet de leur crainte !
Un enfant malheureux qui ne sait pas encor
Que Pyrrhus est son maître, et qu'il est fils d'Hector.

PYRRHUS

Tel qu'il est, tous les Grecs demandent qu'il périsse.
Le fils d'Agamemnon vient hâter son supplice.

ANDROMAQUE

Et vous prononcerez un arrêt si cruel[2] ?
Est-ce mon intérêt qui le rend criminel[3] ?
Hélas ! on ne craint point qu'il venge un jour son père ;
On craint qu'il n'essuyât les larmes de sa mère.

1. **Leurs alarmes** : leur crainte du danger qu'Astyanax représente à leurs yeux.
2. Et vous prendrez une décision aussi cruelle ?
3. Est-ce à cause de moi qu'on le traite comme un criminel ?

Il m'aurait tenu lieu d'un père et d'un époux[1] ;
Mais il me faut tout perdre, et toujours par vos coups.

PYRRHUS

Madame, mes refus ont prévenu[2] vos larmes.
Tous les Grecs m'ont déjà menacé de leurs armes,
Mais dussent-ils encore, en repassant les eaux[3],
Demander votre fils avec mille vaisseaux,
Coûtât-il tout le sang qu'Hélène a fait répandre,
Dussé-je après dix ans[4] voir mon palais en cendre,
Je ne balance point[5], je vole à son secours.
Je défendrai sa vie aux dépens de mes jours.
Mais parmi ces périls où je cours pour vous plaire,
Me refuserez-vous un regard moins sévère ?
Haï de tous les Grecs, pressé de tous côtés,
Me faudra-t-il combattre encor vos cruautés ?
Je vous offre mon bras[6]. Puis-je espérer encore
Que vous accepterez un cœur qui vous adore ?
En combattant pour vous, me sera-t-il permis
De ne vous point compter parmi mes ennemis ?

ANDROMAQUE

Seigneur, que faites-vous, et que dira la Grèce ?
Faut-il qu'un si grand cœur[7] montre tant de faiblesse ?

1. Éétion, le père d'Andromaque, et Hector, son mari, ont tous deux été tués par Achille, le père de Pyrrhus.
2. **Prévenu** : devancé. Andromaque ne pleurera pas son fils puisque Pyrrhus a refusé de le livrer aux Grecs.
3. En prenant la mer de nouveau pour venir ici.
4. **Dix ans** : c'est le temps qu'a duré la guerre de Troie.
5. **Je ne balance point** : je n'hésite pas.
6. Je vous offre ma protection.
7. **Un si grand cœur** : quelqu'un d'aussi courageux.

Voulez-vous qu'un dessein[1] si beau, si généreux,
Passe pour le transport d'un esprit amoureux[2] ?
Captive, toujours triste, importune à moi-même[3],
Pouvez-vous souhaiter qu'Andromaque vous aime ?
Quels charmes ont pour vous des yeux infortunés
Qu'à des pleurs éternels vous avez condamnés ?
Non, non ; d'un ennemi respecter la misère,
Sauver des malheureux, rendre un fils à sa mère,
De cent peuples pour lui combattre la rigueur,
Sans me faire payer son salut de mon cœur,
Malgré moi, s'il le faut, lui donner un asile :
Seigneur, voilà des soins dignes du fils d'Achille.

PYRRHUS

Hé quoi ! votre courroux n'a-t-il pas eu son cours[4] ?
Peut-on haïr sans cesse ? et punit-on toujours ?
J'ai fait des malheureux, sans doute ; et la Phrygie[5]
Cent fois de votre sang a vu ma main rougie ;
Mais que vos yeux sur moi se sont bien exercés !
Qu'ils m'ont vendu bien cher les pleurs qu'ils ont versés !
De combien de remords m'ont-ils rendu la proie !
Je souffre tous les maux que j'ai faits devant Troie.
Vaincu, chargé de fers, de regrets consumé,
Brûlé de plus de feux que je n'en allumai,

1. **Dessein** : projet.
2. Voulez-vous qu'on pense que vous faites cette action (sauver Astyanax) parce que vous êtes amoureux ?
3. **Importune** : insupportable.
4. Vous n'avez pas fini d'être en colère ?
5. **Phrygie** : région d'Asie Mineure dans laquelle se situe Troie.

Tant de soins, tant de pleurs, tant d'ardeurs inquiètes[1]...
Hélas ! fus-je jamais si cruel que vous l'êtes ?
Mais enfin, tour à tour, c'est assez nous punir :
Nos ennemis communs devraient nous réunir.
Madame, dites-moi seulement que j'espère,
Je vous rends votre fils, et je lui sers de père ;
Je l'instruirai moi-même à venger les Troyens ;
J'irai punir les Grecs de vos maux et des miens.
Animé d'un regard, je puis tout entreprendre :
Votre Ilion[2] encor peut sortir de sa cendre ;
Je puis, en moins de temps que les Grecs ne l'ont pris,
Dans ses murs relevés couronner votre fils.

ANDROMAQUE

Seigneur, tant de grandeurs ne nous touchent plus guère.
Je les lui promettais tant qu'a vécu son père.
Non, vous n'espérez plus de nous revoir encor,
Sacrés murs[3] que n'a pu conserver mon Hector !
À de moindres faveurs des malheureux prétendent,
Seigneur : c'est un exil que mes pleurs vous demandent.
Souffrez que, loin des Grecs, et même loin de vous,
J'aille cacher mon fils, et pleurer mon époux.
Votre amour contre nous allume trop de haine.
Retournez, retournez à la fille d'Hélène.

PYRRHUS

Et le puis-je, Madame ? Ah ! que vous me gênez[4] !
Comment lui rendre un cœur que vous me retenez ?

1. Tant de sentiments amoureux perturbés par l'inquiétude de ne pas être aimé en retour.
2. **Ilion** : autre nom de Troie (voir l'*Iliade*).
3. Murs sacrés (de Troie).
4. **Gênez** : torturez.

Andromaque et Pyrrhus, acte I, scène 4.
Paris, bibliothèque de l'Arsenal.

Je sais que de mes vœux on lui promit l'empire[1] ;
Je sais que pour régner elle vint dans l'Épire ;
Le sort vous y voulut l'une et l'autre[2] amener :
Vous, pour porter des fers, elle, pour en donner[3].
Cependant ai-je pris quelque soin de lui plaire ?
Et ne dirait-on pas, en voyant au contraire
Vos charmes tout-puissants, et les siens dédaignés,
Qu'elle est ici captive et que vous y régnez ?
Ah ! qu'un seul des soupirs que mon cœur vous envoie,
S'il s'échappait vers elle y porterait de joie.

ANDROMAQUE

Et pourquoi vos soupirs seraient-ils repoussés ?
Aurait-elle oublié vos services passés ?
Troie, Hector, contre vous, révoltent-ils son âme ?
Aux cendres d'un époux doit-elle enfin sa flamme ?
Et quel époux encore ! Ah ! souvenir cruel !
Sa mort seule a rendu votre père immortel ;
Il doit au sang d'Hector tout l'éclat de ses armes,
Et vous n'êtes tous deux connus que par mes larmes.

PYRRHUS

Eh bien, Madame, eh bien ! il faut vous obéir :
Il faut vous oublier, ou plutôt vous haïr.
Oui, mes vœux ont trop loin poussé leur violence
Pour ne plus s'arrêter que dans l'indifférence ;

1. Je sais qu'on lui a promis que je l'épouserais.
2. **L'une et l'autre** : Andromaque et Hermione.
3. Andromaque est la captive de Pyrrhus. Celui-ci, pour sa part, est prisonnier de l'engagement qui le lie à Hermione.

Songez-y bien : il faut désormais que mon cœur,
S'il n'aime avec transport[1], haïsse avec fureur.
Je n'épargnerai rien dans ma juste colère :
Le fils me répondra[2] des mépris de la mère ;
La Grèce le demande, et je ne prétends pas
Mettre toujours ma gloire à sauver des ingrats.

ANDROMAQUE

Hélas ! il mourra donc. Il n'a pour sa défense
Que les pleurs de sa mère et que son innocence.
Et peut-être après tout, en l'état où je suis,
Sa mort avancera la fin de mes ennuis[3].
Je prolongeais pour lui ma vie et ma misère ;
Mais enfin sur ses pas j'irai revoir son père.
Ainsi, tous trois, Seigneur, par vos soins réunis,
Nous vous...

PYRRHUS

Allez, Madame, allez voir votre fils.
Peut-être, en le voyant, votre amour plus timide
Ne prendra pas toujours sa colère pour guide.
Pour savoir nos destins[4] j'irai vous retrouver.
Madame, en l'embrassant, songez à le sauver.

1. **Transport** : passion.
2. **Me répondra** : paiera pour.
3. Sa mort abrègera mes souffrances.
4. Pour savoir ce que vous avez décidé pour nous.

Acte II

SCÈNE 1 – HERMIONE, CLÉONE

HERMIONE

Je fais ce que tu veux. Je consens qu'il me voie.
Je lui veux bien encore accorder cette joie.
Pylade va bientôt conduire ici ses pas ;
Mais si je m'en croyais, je ne le verrais pas.

CLÉONE

Et qu'est-ce que sa vue a pour vous de funeste[1] ?
Madame, n'est-ce pas toujours le même Oreste
Dont vous avez cent fois souhaité le retour,
Et dont vous regrettiez la constance et l'amour[2] ?

HERMIONE

C'est cet amour payé de trop d'ingratitude[3]
Qui me rend en ces lieux sa présence si rude.
Quelle honte pour moi, quel triomphe pour lui,
De voir mon infortune égaler son ennui[4] !
Est-ce là, dira-t-il, cette fière Hermione ?
Elle me dédaignait ; un autre l'abandonne.
L'ingrate, qui mettait son cœur à si haut prix,

1. Pourquoi êtes-vous triste à l'idée de voir Oreste ?
2. Dont la constance et l'amour vous manquaient.
3. Hermione est ingrate envers Oreste en ne l'aimant pas, alors que lui l'aime.
4. De voir que mon malheur est aussi grand que son désespoir : Hermione, qui a tant fait souffrir Oreste en le quittant pour Pyrrhus, ne supporte pas qu'il la voie abandonnée à son tour, par Pyrrhus. Elle est blessée dans son amour-propre.

Apprend donc à son tour à souffrir des mépris[1] ?
Ah dieux !

CLÉONE

Ah ! dissipez ces indignes alarmes[2] :
Il a trop bien senti le pouvoir de vos charmes.
Vous croyez qu'un amant vienne vous insulter[3] ?
Il vous rapporte un cœur qu'il n'a pu vous ôter.
Mais vous ne dites point ce que vous mande[4] un père ?

HERMIONE

Dans ses retardements si Pyrrhus persévère,
À la mort du Troyen s'il ne veut consentir[5],
Mon père avec les Grecs m'ordonne de partir.

CLÉONE

Eh bien, Madame, eh bien ! écoutez donc Oreste.
Pyrrhus a commencé, faites au moins le reste.
Pour bien faire il faudrait que vous le prévinssiez[6].
Ne m'avez-vous pas dit que vous le haïssiez ?

HERMIONE

Si je le hais, Cléone ! Il y va de ma gloire[7],
Après tant de bontés dont il perd la mémoire ;

1. Apprend donc à supporter qu'on rejette son amour.
2. **Alarmes** : inquiétudes.
3. Vous croyez qu'un homme qui vous aime viendra vous faire des reproches ?
4. Les consignes que Ménélas vous a transmises.
5. Si Pyrrhus n'accepte pas de tuer Astyanax.
6. Pyrrhus a montré qu'il n'aimait pas Hermione en refusant de sacrifier Astyanax par amour pour Andromaque. Il faut qu'Hermione aille plus loin en décidant elle-même de rompre ses fiançailles avec lui et de partir avec Oreste avant qu'il ne le lui demande.
7. **Gloire** : honneur.

Lui qui me fut si cher, et qui m'a pu trahir,
Ah ! je l'ai trop aimé pour ne le point haïr !

CLÉONE

Fuyez-le donc, Madame ; et puisqu'on vous adore...

HERMIONE

Ah ! laisse à ma fureur le temps de croître encore.
Contre mon ennemi laisse-moi m'assurer[1].
Cléone, avec horreur je m'en veux séparer[2].
Il n'y travaillera que trop bien, l'infidèle !

CLÉONE

Quoi ? vous en attendez quelque injure nouvelle[3] ?
Aimer une captive, et l'aimer à vos yeux,
Tout cela n'a donc pu vous le rendre odieux ?
Après ce qu'il a fait, que saurait-il donc faire ?
Il vous aurait déplu, s'il pouvait vous déplaire.

HERMIONE

Pourquoi veux-tu, cruelle, irriter mes ennuis[4] ?
Je crains de me connaître en l'état où je suis[5].
De tout ce que tu vois tâche de ne rien croire ;
Crois que je n'aime plus, vante-moi ma victoire ;
Crois que dans son dépit mon cœur est endurci[6],
Hélas ! et, s'il se peut, fais-le moi croire aussi.

1. Laisse-moi le temps de devenir plus forte.
2. Je frémis d'horreur à l'idée de m'en séparer.
3. Vous attendez qu'il vous humilie encore ?
4. **Irriter mes ennuis** : me faire sentir plus vivement encore mon malheur.
5. Je crains de comprendre quels sont mes vrais sentiments.
6. Crois que je continue à être furieuse contre Pyrrhus.

Tu veux que je le fuie ? Eh bien ! rien ne m'arrête:
Allons ; n'envions plus son indigne conquête :
Que sur lui sa captive étende son pouvoir.
Fuyons... Mais si l'ingrat rentrait dans son devoir !
Si la foi dans son cœur retrouvait quelque place[1] ;
S'il venait à mes pieds me demander sa grâce ;
Si sous mes lois, Amour, tu pouvais l'engager !
S'il voulait... Mais l'ingrat ne veut que m'outrager[2].
Demeurons toutefois pour troubler leur fortune[3],
Prenons quelque plaisir à leur être importune[4] ;
Ou, le forçant de rompre un nœud si solennel[5],
Aux yeux de tous les Grecs rendons-le criminel[6].
J'ai déjà sur le fils attiré leur colère[7] ;
Je veux qu'on vienne encor lui demander la mère.
Rendons-lui les tourments qu'elle m'a fait souffrir :
Qu'elle le perde, ou bien qu'il la fasse périr.

CLÉONE

Vous pensez que des yeux toujours ouverts aux larmes[8]
Se plaisent à troubler le pouvoir de vos charmes,
Et qu'un cœur accablé de tant de déplaisirs[9]
De son persécuteur ait brigué les soupirs[10] ?

1. S'il était de nouveau fidèle à ses engagements envers moi.
2. **M'outrager** : m'offenser cruellement, me blesser.
3. **Troubler leur fortune** : les empêcher d'être heureux.
4. **Leur être importune** : les gêner.
5. **Un nœud si solennel** : ses fiançailles avec Hermione.
6. Les Grecs considéreraient comme une faute grave que soit rompu un serment solennel.
7. C'est Hermione qui a poussé les Grecs à demander la mort d'Astyanax.
8. Il s'agit d'Andromaque, veuve éplorée et mère inquiète.
9. **Déplaisirs** : malheurs. Le mot a un sens beaucoup moins fort aujourd'hui.
10. Hermione peut-elle penser qu'Andromaque ait cherché l'amour de Pyrrhus, alors que c'est lui qui la persécute ?

Voyez si sa douleur en paraît soulagée.
Pourquoi donc les chagrins où son âme est plongée ?
Contre un amant qui plaît pourquoi tant de fierté[1] ?

HERMIONE

Hélas ! pour mon malheur, je l'ai trop écouté.
Je n'ai point du silence affecté le mystère[2] :
Je croyais sans péril pouvoir être sincère,
Et sans armer mes yeux d'un moment de rigueur[3],
Je n'ai pour lui parler consulté que mon cœur.
Et qui ne se serait comme moi déclarée
Sur la foi d'une amour[4] si saintement jurée[5] ?
Me voyait-il de l'œil qu'il me voit aujourd'hui ?
Tu t'en souviens encor[6], tout conspirait pour lui[7] :
Ma famille vengée●, et les Grecs dans la joie,
Nos vaisseaux tout chargés des dépouilles de Troie,
Les exploits de son père effacés par les siens,
Ses feux[8] que je croyais plus ardents que les miens,
Mon cœur, toi-même enfin de sa gloire éblouie,
Avant qu'il me trahît, vous m'avez tous trahie.

1. Pourquoi Andromaque opposerait-elle tant de résistance à Pyrrhus si elle en était amoureuse ?
2. Hermione a été trop sincère et n'a pas respecté les codes de l'amour qui, à l'époque classique, voulaient qu'une jeune fille ne doit pas avouer tout de suite ses sentiments mais garder un certain mystère.
3. Sans avoir eu un seul regard sévère.
4. **Une amour** : au XVIIᵉ siècle, le mot est masculin ou féminin.
5. Le fait d'être fiancés donne un caractère sacré aux liens qui unissent Pyrrhus et Hermione.
6. **Encor** : encore ; licence poétique*.
7. **Tout conspirait pour lui** : toutes les circonstances lui étaient favorables.
8. **Ses feux** : son amour. Métaphore galante qui associe le feu et l'amour, fréquente dans la pièce.

● **Par ses exploits en effet, Pyrrhus, à la suite de son père, Achille, a permis que soit vengé l'honneur de Ménélas, père d'Hermione et mari d'Hélène, dont l'enlèvement par le Troyen Pâris avait déclenché la guerre de Troie.**

Mais c'en est trop, Cléone, et quel que soit Pyrrhus,
Hermione est sensible, Oreste a des vertus[1] ;
Il sait aimer du moins, et même sans qu'on l'aime,
Et peut-être il saura se faire aimer lui-même.
Allons : qu'il vienne enfin.

CLÉONE

Madame, le voici.

HERMIONE

Ah ! je ne croyais pas qu'il fût si près d'ici.

SCÈNE 2 – Hermione, Oreste, Cléone

HERMIONE

Le croirai-je, Seigneur, qu'un reste de tendresse
Vous fasse ici chercher une triste princesse ?
Ou ne dois-je imputer[2] qu'à votre seul devoir
L'heureux empressement qui vous porte à me voir ?

ORESTE

Tel est de mon amour l'aveuglement funeste.
Vous le savez, Madame, et le destin d'Oreste
Est de venir sans cesse adorer vos attraits[3],
Et de jurer toujours qu'il n'y viendra jamais.
Je sais que vos regards vont rouvrir mes blessures,

1. **Vertus** : qualités.
2. **Imputer** : attribuer.
3. **Adorer vos attraits** : rendre hommage à votre beauté.

Que tous mes pas vers vous sont autant de parjures[1] :
Je le sais, j'en rougis ; mais j'atteste les dieux,
Témoins de la fureur de mes derniers adieux[2],
Que j'ai couru partout où ma perte certaine
Dégageait mes serments et finissait ma peine[3].
J'ai mendié la mort chez des peuples cruels
Qui n'apaisaient leurs dieux que du sang des mortels[4]:
Ils m'ont fermé leur temple ; et ces peuples barbares
De mon sang prodigué sont devenus avares[5].
Enfin je viens à vous, et je me vois réduit
À chercher dans vos yeux une mort qui me fuit,
Mon désespoir n'attend que leur indifférence :
Ils n'ont qu'à m'interdire un reste d'espérance.
Ils n'ont, pour avancer cette mort où je cours,
Qu'à me dire une fois ce qu'ils m'ont dit toujours.
Voilà depuis un an le seul soin qui m'anime.
Madame, c'est à vous de prendre une victime
Que les Scythes● auraient dérobée à vos coups,
Si j'en avais trouvé d'aussi cruels que vous.

HERMIONE

Quittez, Seigneur, quittez ce funeste langage.
À des soins plus pressants la Grèce vous engage.
Que parlez-vous du Scythe et de mes cruautés ?

1. **Parjures** : violations du serment qu'Oreste s'est fait à lui-même de ne plus aimer Hermione.
2. Ce sont les adieux évoqués par Oreste dans l'acte I (v. 35-56).
3. Je me suis rendu dans tous les endroits où je pensais rencontrer la mort, ce qui aurait mis un terme à mes malheurs.
4. Allusion aux sacrifices humains qui, pour les Grecs, étaient le propre des peuples barbares.
5. C'est-à-dire qu'ils n'ont pas voulu tuer Oreste.

● **Les Scythes, peuple barbare d'Asie Mineure, étaient connus dans l'Antiquité pour leur caractère cruel et sauvage.**

Songez à tous ces rois que vous représentez.
Faut-il que d'un transport leur vengeance dépende[1] ?
Est-ce le sang d'Oreste enfin qu'on vous demande ?
Dégagez-vous des soins dont vous êtes chargé[2].

ORESTE

Les refus de Pyrrhus m'ont assez dégagé,
Madame : il me renvoie ; et quelque autre puissance[3]
Lui fait du fils d'Hector embrasser la défense.

HERMIONE

L'infidèle !

ORESTE

Ainsi donc, tout prêt à le quitter,
Sur mon propre destin je viens vous consulter.
Déjà même je crois entendre la réponse
Qu'en secret contre moi votre haine prononce.

HERMIONE

Hé quoi ? toujours injuste en vos tristes discours,
De mon inimitié[4] vous plaindrez-vous toujours ?
Quelle est cette rigueur tant de fois alléguée[5] ?
J'ai passé dans l'Épire où j'étais reléguée[6]:
Mon père l'ordonnait ; mais qui sait si depuis
Je n'ai point en secret partagé vos ennuis[7] ?

1. Hermione rappelle à Oreste qu'il est là pour des raisons politiques et qu'il ne doit pas se laisser guider par ses sentiments amoureux.
2. Achevez la mission qu'on vous a confiée (demander la mort d'Astyanax).
3. Il s'agit de la puissance de l'amour qu'il éprouve pour Andromaque.
4. **Inimitié** : hostilité.
5. Pourquoi toujours dire que je suis dure avec vous ?
6. Je suis venue en Épire où j'étais obligée d'aller.
7. Qui sait si je n'ai pas autant souffert que vous ?

Pensez-vous avoir seul éprouvé des alarmes[1] ?
Que l'Épire jamais n'ait vu couler mes larmes ?
Enfin, qui vous a dit que malgré mon devoir
Je n'ai pas quelquefois souhaité de vous voir ?

ORESTE

Souhaité de me voir ! Ah ! divine Princesse...
Mais, de grâce, est-ce à moi que ce discours s'adresse ?
Ouvrez vos yeux : songez qu'Oreste est devant vous,
Oreste, si longtemps l'objet de leur courroux.

HERMIONE

Oui, c'est vous dont l'amour, naissant avec leurs charmes[2],
Leur apprit le premier le pouvoir de leurs armes ;
Vous que mille vertus me forçaient d'estimer ;
Vous que j'ai plaint, enfin que je voudrais aimer.

ORESTE

Je vous entends[3]. Tel est mon partage funeste :
Le cœur est pour Pyrrhus, et les vœux pour Oreste.

HERMIONE

Ah ! ne souhaitez pas le destin de Pyrrhus :
Je vous haïrais trop.

ORESTE

Vous m'en aimeriez plus.
Ah ! que vous me verriez d'un regard bien contraire !

1. **Alarmes** : inquiétudes.
2. **Leurs charmes** : leur pouvoir de séduction. Oreste a commencé à aimer sa cousine Hermione alors qu'elle était très jeune.
3. **Entends** : comprends.

Vous me voulez aimer, et je ne puis vous plaire ;
Et l'amour seul alors se faisant obéir,
Vous m'aimeriez, Madame, en me voulant haïr.
Ô dieux ! tant de respects, une amitié si tendre[1]...
Que de raisons pour moi, si vous pouviez m'entendre !
Vous seule pour Pyrrhus disputez[2] aujourd'hui.
Peut-être malgré vous, sans doute[3] malgré lui :
Car enfin il vous hait ; son âme ailleurs éprise
N'a plus...

HERMIONE

Qui vous l'a dit, Seigneur, qu'il me méprise ?
Ses regards, ses discours vous l'ont-ils donc appris ?
Jugez-vous que ma vue inspire des mépris,
Qu'elle allume en un cœur des feux si peu durables ?
Peut-être d'autres yeux me sont plus favorables[4].

ORESTE

Poursuivez : il est beau de m'insulter ainsi.
Cruelle, c'est donc moi qui vous méprise ici ?
Vos yeux n'ont pas assez éprouvé ma constance ?
Je suis donc un témoin de leur peu de puissance ?
Je les ai méprisés ? Ah ! qu'ils voudraient bien voir
Mon rival comme moi mépriser leur pouvoir !

HERMIONE

Que m'importe, Seigneur, sa haine ou sa tendresse ?
Allez contre un rebelle armer toute la Grèce ;

1. J'ai tant de considération pour vous, une affection si tendre...
2. **Disputez** : trouvez des arguments (en faveur de Pyrrhus).
3. **Sans doute** : sans aucun doute.
4. Hermione voudrait croire que la vision d'Oreste n'est pas objective.

Rapportez-lui le prix de sa rébellion ;
Qu'on fasse de l'Épire un second Ilion[1].
Allez. Après cela direz-vous que je l'aime ?

ORESTE

Madame, faites plus, et venez-y vous-même.
Voulez-vous demeurer pour otage en ces lieux,
Venez dans tous les cœurs faire parler vos yeux.
Faisons de notre haine une commune attaque.

HERMIONE

Mais, Seigneur, cependant[2], s'il épouse Andromaque ?

ORESTE

Hé, Madame !

HERMIONE

Songez quelle honte pour nous,
Si d'une Phrygienne● il devenait l'époux !

ORESTE

Et vous le haïssez ? Avouez-le, Madame,
L'amour n'est pas un feu qu'on renferme en une âme ;
Tout nous trahit, la voix, le silence, les yeux,
Et les feux mal couverts n'en éclatent que mieux.

HERMIONE

Seigneur, je le vois bien, votre âme prévenue
Répand sur mes discours le venin qui la tue[3],
Toujours dans mes raisons cherche quelque détour,
Et croit qu'en moi la haine est un effort d'amour.

1. Portez la guerre en Épire contre Pyrrhus comme autrefois contre les Troyens à Ilion (autre nom de Troie).
2. **Cependant** : pendant ce temps.
3. Vos idées toutes faites font que vous interprétez mal tout ce que je dis et que vous vous faites souffrir.

● **La Phrygie est la région d'Asie Mineure dans laquelle se trouve Troie.**

Il faut donc m'expliquer ; vous agirez ensuite.
Vous savez qu'en ces lieux mon devoir m'a conduite ;
Mon devoir m'y retient ; et je n'en puis partir
Que mon père ou Pyrrhus ne m'en fasse sortir.
De la part de mon père allez lui faire entendre[1]
Que l'ennemi des Grecs ne peut être son gendre.
Du Troyen[2] ou de moi faites-le décider :
Qu'il songe qui des deux il veut rendre, ou garder ;
Enfin qu'il me renvoie, ou bien qu'il vous le livre.
Adieu. S'il y consent, je suis prête à vous suivre.

SCÈNE 3 – ORESTE, *seul.*

Oui, oui, vous me suivrez, n'en doutez nullement ;
Je vous réponds déjà de son consentement.
Je ne crains pas enfin que Pyrrhus la retienne :
Il n'a devant les yeux que sa chère Troyenne ;
Tout autre objet le blesse[3] ; et peut-être aujourd'hui
Il n'attend qu'un prétexte à l'[4]éloigner de lui.
Nous n'avons qu'à parler : c'en est fait. Quelle joie
D'enlever à l'Épire une si belle proie !
Sauve tout ce qui reste, et de Troie, et d'Hector,
Garde son fils, sa veuve, et mille autres encor[5],

1. **Entendre** : comprendre.
2. **Troyen** : Astyanax.
3. Tout ce qui n'est pas Andromaque l'irrite.
4. Le *l'* désigne Hermione.
5. **Encor** : encore ; licence poétique*.

Épire : c'est assez qu'Hermione rendue
Perde à jamais tes bords et ton prince de vue.
Mais un heureux destin le conduit en ces lieux.
Parlons. À tant d'attraits, Amour, ferme ses yeux !

SCÈNE 4 – Pyrrhus, Oreste, Phœnix

PYRRHUS

Je vous cherchais, Seigneur. Un peu de violence
M'a fait de vos raisons combattre la puissance,
Je l'avoue ; et depuis que je vous ai quitté,
J'en ai senti la force et connu l'équité[1].
J'ai songé comme vous qu'à la Grèce, à mon père,
À moi-même, en un mot, je devenais contraire,
Que je relevais Troie, et rendais imparfait
Tout ce qu'a fait Achille, et tout ce que j'ai fait.
Je ne condamne plus un courroux légitime[2],
Et l'on vous va, Seigneur, livrer votre victime.

ORESTE

Seigneur, par ce conseil prudent et rigoureux,
C'est acheter la paix du sang d'un malheureux.

PYRRHUS

Oui ; mais je veux, Seigneur, l'assurer davantage[3] :
D'une éternelle paix Hermione est le gage ;

1. Je me suis rendu compte que vos arguments étaient valables et justes.
2. Pyrrhus reconnaît que la colère des Grecs était justifiée.
3. **L'assurer davantage** : la consolider.

Je l'épouse. Il semblait qu'un spectacle si doux
N'attendît en ces lieux qu'un témoin tel que vous :
Vous y représentez tous les Grecs et son père,
Puisqu'en vous Ménélas voit revivre son frère[1].
Voyez-la donc. Allez. Dites-lui que demain
J'attends, avec la paix, son cœur de votre main.

ORESTE

Ah dieux !

SCÈNE 5 – PYRRHUS, PHŒNIX

PYRRHUS

Eh bien, Phœnix, l'amour est-il le maître ?
Tes yeux refusent-ils encor de me connaître[2] ?

PHŒNIX

Ah ! je vous reconnais, et ce juste courroux,
Ainsi qu'à tous les Grecs, Seigneur, vous rend à vous[3].
Ce n'est plus le jouet d'une flamme servile[4] :
C'est Pyrrhus, c'est le fils et le rival d'Achille,
Que la gloire à la fin ramène sous ses lois,
Qui triomphe de Troie une seconde fois.

1. **Son frère** : c'est-à-dire Agamemnon, le frère de Ménélas, assassiné par Clytemnestre et Égisthe.
2. **De me connaître** : de voir qui je suis vraiment.
3. Avec cette colère justifiée, les Grecs vous retrouvent de nouveau tel que vous êtes vraiment et vous vous retrouvez aussi.
4. **Flamme servile** a un double sens : l'amour servile est celui qu'on éprouve pour une esclave ou celui qui rend esclave. Ici, les deux sens sont mêlés : l'amour de Pyrrhus pour l'esclave Andromaque est doublement servile.

PYRRHUS

Dis plutôt qu'aujourd'hui commence ma victoire.
D'aujourd'hui seulement je jouis de ma gloire,
Et mon cœur, aussi fier que tu l'as vu soumis,
Croit avoir en l'amour vaincu mille ennemis.
Considère, Phœnix, les troubles[1] que j'évite,
Quelle foule de maux l'amour traîne à sa suite,
Que d'amis, de devoirs, j'allais sacrifier ;
Quels périls... Un regard m'eût tout fait oublier.
Tous les Grecs conjurés fondaient sur un rebelle ;
Je trouvais du plaisir à me perdre pour elle.

PHŒNIX

Oui, je bénis, Seigneur, l'heureuse cruauté
Qui vous rend...

PYRRHUS

Tu l'as vu, comme elle m'a traité.
Je pensais, en voyant sa tendresse alarmée,
Que son fils me la dût renvoyer désarmée.
J'allais voir le succès de ses embrassements :
Je n'ai trouvé que pleurs mêlés d'emportements.
Sa misère l'aigrit ; et toujours plus farouche,
Cent fois le nom d'Hector est sorti de sa bouche.
Vainement à son fils j'assurais mon secours :
C'est Hector, disait-elle, en l'embrassant toujours ;
Voilà ses yeux, sa bouche, et déjà son audace ;
C'est lui-même ; c'est toi, cher époux, que j'embrasse.
Et quelle est sa pensée ? attend-elle en ce jour
Que je lui laisse un fils pour nourrir son amour ?

1. **Troubles** : malheurs.

Jean Desailly dans le rôle de Pyrrhus, acte II, scène 5.
Théâtre de France, 1962.

PHŒNIX

Sans doute, c'est le prix que vous gardait l'ingrate.
Mais laissez-la, Seigneur.

PYRRHUS

Je vois ce qui la flatte :
Sa beauté la rassure, et malgré mon courroux,
L'orgueilleuse m'attend encore à ses genoux.
Je la verrais aux miens, Phœnix, d'un œil tranquille[1].
Elle est veuve d'Hector, et je suis fils d'Achille :
Trop de haine sépare Andromaque et Pyrrhus.

PHŒNIX

Commencez donc, Seigneur, à ne m'en parler plus.
Allez voir Hermione, et content de lui plaire,
Oubliez à ses pieds jusqu'à votre colère.
Vous-même à cet hymen[2] venez la disposer.
Est-ce sur un rival[3] qu'il s'en faut reposer ?
Il ne l'aime que trop.

PYRRHUS

Crois-tu, si je l'épouse,
Qu'Andromaque en son cœur n'en sera pas jalouse ?

PHŒNIX

Quoi ! toujours Andromaque occupe votre esprit ?
Que vous importe, ô dieux ! sa joie ou son dépit ?
Quel charme, malgré vous, vers elle vous attire ?

1. Elle peut me supplier á genoux, je ne me laissserai pas attendrir.
2. **Hymen** : mariage.
3. Il s'agit d'Oreste.

PYRRHUS

Non, je n'ai pas bien dit tout ce qu'il lui faut dire :
Ma colère à ses yeux n'a paru qu'à demi ;
Elle ignore à quel point je suis son ennemi.
Retournons-y. Je veux la braver à sa vue[1],
Et donner à ma haine une libre étendue.
Viens voir tous ses attraits, Phœnix, humiliés.
Allons.

PHŒNIX

Allez, Seigneur, vous jeter à ses pieds ;
Allez, en lui jurant que votre âme l'adore,
À de nouveaux mépris l'encourager encore.

PYRRHUS

Je le vois bien, tu crois que prêt à l'excuser
Mon cœur court après elle et cherche à s'apaiser.

PHŒNIX

Vous aimez, c'est assez.

PYRRHUS

Moi l'aimer ? une ingrate
Qui me hait d'autant plus que mon amour la flatte ?
Sans parents, sans amis, sans espoir que sur moi ;
Je puis perdre son fils, peut-être je le doi[2] ;
Étrangère... que dis-je ? esclave dans l'Épire,
Je lui donne son fils, mon âme, mon empire,
Et je ne puis gagner dans son perfide cœur
D'autre rang que celui de son persécuteur ?

1. **À sa vue** : en face.
2. **Doi** : dois ; l'élision du *-s* à la fin des verbes *devoir, croire, voir* est fréquente dans la poésie classique.

Non, non, je l'ai juré, ma vengeance est certaine :
Il faut bien une fois justifier sa haine.
J'abandonne son fils. Que de pleurs vont couler !
De quel nom sa douleur me va-t-elle appeler !
Quel spectacle pour elle aujourd'hui se dispose !
Elle en mourra, Phœnix, et j'en serai la cause.
C'est lui mettre moi-même un poignard dans le sein.

PHŒNIX

Et pourquoi donc en faire éclater le dessein[1] ?
Que ne consultiez-vous tantôt votre faiblesse ?

PYRRHUS

Je t'entends[2]. Mais excuse un reste de tendresse.
Crains-tu pour ma colère un si faible combat ?
D'un amour qui s'éteint c'est le dernier éclat.
Allons. À tes conseils, Phœnix, je m'abandonne.
Faut-il livrer son fils ? faut-il voir Hermione ?

PHŒNIX

Oui, voyez-la, Seigneur et par des vœux soumis,
Protestez-lui[3]...

PYRRHUS

Faisons tout ce que j'ai promis.

1. **Dessein** : projet.
2. **Entends** : comprends.
3. **Protestez-lui...** : assurez-la... (que vous l'aimez).

Acte III

SCÈNE 1 – ORESTE, PYLADE

PYLADE

Modérez donc, Seigneur, cette fureur extrême.
Je ne vous connais plus[1] ; vous n'êtes plus vous-même.
Souffrez...

ORESTE

Non, tes conseils ne sont plus de saison,
Pylade ; je suis las d'écouter la raison.
C'est traîner trop longtemps ma vie et mon supplice.
Il faut que je l'enlève, ou bien que je périsse.
Le dessein en est pris, je le veux achever[2].
Oui, je le veux.

PYLADE

Eh bien ! il la faut enlever.
J'y consens. Mais songez cependant où vous êtes.
Que croira-t-on[3] de vous, à voir ce que vous faites ?
Dissimulez : calmez ce transport inquiet[4] ;
Commandez à vos yeux de garder le secret.
Ces gardes, cette cour, l'air qui vous environne,
Tout dépend de Pyrrhus, et surtout Hermione.

1. **Connais** : reconnais.
2. J'ai pris ma décision (« dessein ») et je m'y tiendrai.
3. **Croira-t-on** : pensera-t-on.
4. **Calmez ce transport inquiet** : maîtrisez-vous.

À ses regards surtout cachez votre courroux.
Ô dieux ! en cet état pourquoi la cherchiez-vous[1] ?

ORESTE

Que sais-je ? De moi-même étais-je alors le maître ?
La fureur m'emportait, et je venais peut-être
Menacer à la fois l'ingrate et son amant.

PYLADE

Et quel était le fruit de cet emportement[2] ?

ORESTE

Et quelle âme, dis-moi, ne serait éperdue
Du coup dont ma raison vient d'être confondue[3] ?
Il épouse, dit-il, Hermione demain ;
Il veut, pour m'honorer, la tenir de ma main.
Ah ! plutôt cette main dans le sang du barbare...

PYLADE

Vous l'accusez, Seigneur, de ce destin bizarre[4] ;
Cependant, tourmenté de ses propres desseins[5],
Il est peut-être à plaindre autant que je vous plains.

ORESTE

Non, non, je le connais, mon désespoir le flatte[6] ;
Sans moi, sans mon amour, il dédaignait l'ingrate ;
Ses charmes jusque-là n'avaient pu le toucher :
Le cruel ne la prend que pour me l'arracher.

1. Pourquoi êtes-vous venu la chercher dans un tel état d'agitation ?
2. À quoi cela vous servait-il de vous mettre ainsi en colère ?
3. Qui ne serait pas bouleversé après un choc comme celui que je viens de recevoir ?
4. Vous pensez que c'est lui qui a eu cette idée extravagante.
5. Rendu malheureux par ce qu'il a lui-même décidé.
6. **Le flatte** : lui fait plaisir.

Ah dieux ! c'en était fait[1] : Hermione gagnée[2]
Pour jamais de sa vue allait être éloignée,
Son cœur, entre l'amour et le dépit confus[3],
Pour se donner à moi n'attendait qu'un refus,
Ses yeux s'ouvraient, Pylade, elle écoutait Oreste,
Lui parlait, le plaignait. Un mot eût fait le reste.

PYLADE

Vous le croyez.

ORESTE

Hé quoi ? ce courroux enflammé
Contre un ingrat...

PYLADE

Jamais il ne fut plus aimé.
Pensez-vous, quand Pyrrhus vous l'aurait accordée,
Qu'un prétexte tout prêt ne l'eût pas retardée[4] ?
M'en croirez-vous ? Lassé de ses trompeurs attraits,
Au lieu de l'enlever, fuyez-la pour jamais.
Quoi ? votre amour se veut charger d'une furie
Qui vous détestera, qui toute votre vie,
Regrettant un hymen tout prêt à s'achever[5],
Voudra...

1. **C'en était fait** : c'était bon, l'affaire était conclue.
2. **Gagnée** : que j'avais enfin réussi à convaincre.
3. **Confus** : hésitant.
4. Pensez-vous que, même si Pyrrhus vous l'avait promise comme épouse, elle n'aurait pas trouvé un prétexte pour retarder son départ ?
5. Regrettant un mariage qui était sur le point de se faire (son mariage avec Pyrrhus).

ORESTE

C'est pour cela que je veux l'enlever.
Tout lui rirait, Pylade ; et moi, pour mon partage,
Je n'emporterais donc qu'une inutile rage ?
J'irais loin d'elle encor tâcher de l'oublier ?
Non, non, à mes tourments, je veux l'associer.
C'est trop gémir tout seul. Je suis las qu'on me plaigne.
Je prétends qu'à mon tour l'inhumaine[1] me craigne,
Et que ses yeux cruels, à pleurer condamnés,
Me rendent tous les noms que je leur ai donnés.

PYLADE

Voilà donc le succès qu'aura votre ambassade[2] :
Oreste ravisseur !

ORESTE

Et qu'importe, Pylade ?
Quand nos États vengés jouiront de mes soins,
L'ingrate de mes pleurs jouira-t-elle moins ?
Et que me servira que la Grèce m'admire,
Tandis que je serai la fable[3] de l'Épire ?
Que veux-tu ? Mais s'il faut ne te rien déguiser,
Mon innocence enfin commence à me peser[4].
Je ne sais de tout temps quelle injuste puissance
Laisse le crime en paix, et poursuit l'innocence.
De quelque part sur moi que je tourne les yeux,

1. **L'inhumaine** : terme du vocabulaire galant : Hermione est insensible à l'amour d'Oreste.
2. **Votre ambassade** : renvoie à la mission dont les Grecs ont chargé Oreste : demander la mort d'Astyanax.
3. **La fable** : la risée.
4. Pour ne rien te cacher, je commence à ne plus supporter le fait de m'abstenir de toute action mauvaise.

Je ne vois que malheurs qui condamnent les dieux.
Méritons leur courroux, justifions leur haine,
Et que le fruit du crime en précède la peine[1].
Mais toi, par quelle erreur veux-tu toujours sur toi
Détourner un courroux qui ne cherche que moi ?
Assez et trop longtemps[2] mon amitié t'accable :
Évite un malheureux, abandonne un coupable.
Cher Pylade, crois-moi, ta pitié te séduit[3].
Laisse-moi des périls dont j'attends tout le fruit.
Porte aux Grecs cet enfant que Pyrrhus m'abandonne.
Va-t'en.

PYLADE

Allons, Seigneur, enlevons Hermione.
Au travers des périls un grand cœur se fait jour.
Que ne peut l'amitié conduite par l'amour ?
Allons de tous vos Grecs encourager le zèle.
Nos vaisseaux sont tout prêts, et le vent nous appelle.
Je sais de ce palais tous les détours obscurs[4] ;
Vous voyez que la mer en vient battre les murs,
Et cette nuit sans peine une secrète voie
Jusqu'en votre vaisseau conduira votre proie[5].

ORESTE

J'abuse, cher ami, de ton trop d'amitié.
Mais pardonne à des maux dont toi seul as pitié ;
Excuse un malheureux qui perd tout ce qu'il aime,

1. Que je profite de mon crime (enlever Hermione) avant d'être puni pour cet acte.
2. **Trop longtemps** : depuis trop longtemps.
3. **Te séduit** : t'égare.
4. Je connais tous les passages secrets de ce palais.
5. **Votre proie** : il s'agit d'Hermione.

Que tout le monde hait, et qui se hait lui-même.
Que ne puis-je à mon tour dans un sort plus heureux...

PYLADE

Dissimulez, Seigneur, c'est tout ce que je veux.
Gardez qu'avant le coup votre dessein n'éclate[1] :
Oubliez jusque-là qu'Hermione est ingrate ;
Oubliez votre amour. Elle vient, je la voi[2].

ORESTE

Va-t'en. Réponds-moi d'elle, et je réponds de moi.

SCÈNE 2 – HERMIONE, ORESTE, CLÉONE

ORESTE

Eh bien ! mes soins vous ont rendu votre conquête[3].
J'ai vu Pyrrhus, Madame, et votre hymen s'apprête[4].

HERMIONE

On le dit ; et de plus on vient de m'assurer
Que vous ne me cherchiez que pour m'y préparer.

ORESTE

Et votre âme à ses vœux ne sera pas rebelle[5] ?

1. Prenez garde que vos intentions ne soient pas découvertes avant l'enlèvement.
2. **Voi** : vois. Voir ci-dessus, note 2, p. 51.
3. Grâce à moi, Pyrrhus vous est revenu.
4. **Votre hymen s'apprête** : votre mariage se prépare.
5. Et vous ne vous opposerez pas à sa demande ?

HERMIONE

Qui l'eût cru, que Pyrrhus ne fût pas infidèle ?
Que sa flamme attendrait si tard pour éclater ?
Qu'il reviendrait à moi, quand je l'allais quitter ?
Je veux croire avec vous qu'il redoute la Grèce,
Qu'il suit son intérêt plutôt que sa tendresse,
Que mes yeux sur votre âme étaient plus absolus[1].

ORESTE

Non, Madame, il vous aime, et je n'en doute plus.
Vos yeux ne font-ils pas tout ce qu'ils veulent faire ?
Et vous ne vouliez pas sans doute lui déplaire[2].

HERMIONE

Mais que puis-je, Seigneur ? On a promis ma foi[3].
Lui ravirai-je un bien qu'il ne tient pas de moi ?
L'amour ne règle pas le sort d'une princesse :
La gloire d'obéir est tout ce qu'on nous laisse.
Cependant je partais, et vous avez pu voir
Combien je relâchais pour vous de mon devoir.

ORESTE

Ah ! que vous saviez bien, cruelle... Mais, Madame,
Chacun peut à son choix disposer de son âme.
La vôtre était à vous. J'espérais ; mais enfin
Vous l'avez pu donner sans me faire un larcin[4].
Je vous accuse aussi bien moins que la fortune[5].

1. Que vous, vous m'aimiez d'un amour pur et désintéressé.
2. Litote* : Hermione fait tout pour plaire à Pyrrhus.
3. Le père d'Hermione, Ménélas, l'a officiellement fiancée à Pyrrhus.
4. Vous avez pu donner votre cœur sans rien me prendre.
5. C'est le destin qui est responsable, plus que vous.

Et pourquoi vous lasser d'une plainte importune[1] ?
Tel est votre devoir, je l'avoue ; et le mien
Est de vous épargner un si triste entretien[2].

SCÈNE 3 – HERMIONE, CLÉONE

HERMIONE

Attendais-tu, Cléone, un courroux si modeste ?

CLÉONE

La douleur qui se tait n'en est que plus funeste.
Je le plains d'autant plus qu'auteur de son ennui[3],
Le coup qui l'a perdu n'est parti que de lui.
Comptez depuis quel temps votre hymen se prépare ;
Il a parlé, Madame, et Pyrrhus se déclare[4].

HERMIONE

Tu crois que Pyrrhus craint ? Et que craint-il encor ?
Des peuples qui dix ans[5] ont fui devant Hector,
Qui cent fois effrayés de l'absence d'Achille●,
Dans leurs vaisseaux brûlants ont cherché leur asile,
Et qu'on verrait encor, sans l'appui de son fils,
Redemander Hélène aux Troyens impunis[6] ?

1. Pourquoi vous ennuyer avec mes lamentations ?
2. **Triste entretien** : ennuyeux discours.
3. Oreste est responsable de son malheur.
4. Pour Cléone, Pyrrhus s'est enfin déclaré parce que l'avertissement des Grecs, relayé par Oreste, lui a fait peur.
5. La guerre de Troie a duré dix ans.
6. Si Pyrrhus n'avait pas été là, la guerre ne serait pas encore terminée.

● **Au début de la dixième année de la guerre, Achille, le plus valeureux des guerriers grecs, furieux contre le roi grec Agamemnon, refuse de continuer à se battre, mettant ainsi son camp en difficulté. Seule la mort de son ami Patrocle le décide à reprendre les armes.**

Non, Cléone, il n'est point ennemi de lui-même,
Il veut tout ce qu'il fait, et s'il m'épouse, il m'aime.
Mais qu'Oreste à son gré m'impute ses douleurs :
N'avons-nous d'entretien que celui de ses pleurs ?
Pyrrhus revient à nous. Eh bien ! chère Cléone,
Conçois-tu les transports de l'heureuse Hermione ?
Sais-tu quel est Pyrrhus ? T'es-tu fait raconter
Le nombre des exploits... mais qui les peut compter ?
Intrépide, et partout suivi de la victoire,
Charmant, fidèle, enfin, rien ne manque à sa gloire.
Songe...

CLÉONE

Dissimulez. Votre rivale en pleurs
Vient à vos pieds, sans doute, apporter ses douleurs.

HERMIONE

Dieux ! ne puis-je à ma joie abandonner mon âme ?
Sortons : que lui dirais-je ?

SCÈNE 4 – ANDROMAQUE, HERMIONE, CLÉONE, CÉPHISE

ANDROMAQUE

Où fuyez-vous, Madame ?
N'est-ce pas à vos yeux un spectacle assez doux
Que la veuve d'Hector pleurante à vos genoux ?
Je ne viens point ici, par de jalouses larmes,
Vous envier un cœur qui se rend à vos charmes.

Par une main cruelle, hélas ! j'ai vu percer
Le seul où mes regards prétendaient s'adresser[1].
Ma flamme par Hector fut jadis allumée ;
Avec lui dans la tombe elle s'est enfermée.
Mais il me reste un fils. Vous saurez quelque jour[2],
Madame, pour un fils jusqu'où va notre amour ;
Mais vous ne saurez pas, du moins je le souhaite,
En quel trouble mortel son intérêt nous jette,
Lorsque de tant de biens qui pouvaient nous flatter[3],
C'est le seul qui nous reste, et qu'on veut nous l'ôter.
Hélas ! lorsque, lassés de dix ans de misère,
Les Troyens en courroux menaçaient votre mère[4],
J'ai su de mon Hector lui procurer l'appui.
Vous pouvez sur Pyrrhus ce que j'ai pu sur lui.
Que craint-on d'un enfant qui survit à sa perte[5] ?
Laissez-moi le cacher en quelque île déserte ;
Sur les soins de sa mère on peut s'en assurer,
Et mon fils avec moi n'apprendra qu'à pleurer.

HERMIONE

Je conçois vos douleurs. Mais un devoir austère,
Quand mon père a parlé, m'ordonne de me taire[6].
C'est lui qui de Pyrrhus fait agir le courroux.

1. Le cœur du seul homme vers lequel je voulais porter mes regards.
2. **Quelque jour** : bientôt.
3. **Nous flatter** : nous apporter des plaisirs.
4. **Votre mère** : il s'agit d'Hélène, qu'Andromaque a protégée pendant la guerre de Troie.
5. Le fils d'Hector, réduit au rang d'esclave, a tout perdu et ne représente donc aucun danger pour les Grecs.
6. Mon devoir, même s'il est dur, est de ne pas m'opposer aux volontés de mon père. Hermione se retranche derrière Ménélas et la raison d'État pour ne pas répondre à la prière d'Andromaque.

S'il faut fléchir Pyrrhus, qui le peut mieux que vous ?
Vos yeux assez longtemps ont régné sur son âme ;
Faites-le prononcer : j'y souscrirai, Madame[1].

SCÈNE 5 – ANDROMAQUE, CÉPHISE

ANDROMAQUE

Quel mépris la cruelle attache à ses refus !

CÉPHISE

Je croirais ses conseils, et je verrais Pyrrhus.
Un regard confondrait Hermione et la Grèce[2]...
Mais lui-même il vous cherche.

SCÈNE 6 – PYRRHUS, ANDROMAQUE, PHŒNIX, CÉPHISE

PYRRHUS, *à Phœnix.*

Où donc est la princesse ?
Ne m'avais-tu pas dit qu'elle était en ces lieux ?

PHŒNIX

Je le croyais.

ANDROMAQUE, *à Céphise.*

Tu vois le pouvoir de mes yeux !

1. Demandez à Pyrrhus de décider : je suivrai cette décision.
2. Un seul de vos regards jeté sur Pyrrhus réduirait à l'impuissance Hermione et les Grecs.

PYRRHUS

Que dit-elle, Phœnix ?

ANDROMAQUE

Hélas ! tout m'abandonne.

PHŒNIX

Allons, Seigneur, marchons sur les pas d'Hermione.

CÉPHISE

Qu'attendez-vous ? Rompez ce silence obstiné.

ANDROMAQUE

Il a promis mon fils.

CÉPHISE

Il ne l'a pas donné[1].

ANDROMAQUE

Non, non, j'ai beau pleurer, sa mort est résolue[2].

PYRRHUS

Daigne-t-elle sur nous tourner au moins la vue ?
Quel orgueil !

ANDROMAQUE

Je ne fais que l'irriter encor.
Sortons.

PYRRHUS

Allons aux Grecs livrer le fils d'Hector.

ANDROMAQUE

Ah ! Seigneur, arrêtez ! Que prétendez-vous faire ?
Si vous livrez le fils, livrez-leur donc la mère !
Vos serments m'ont tantôt juré tant d'amitié !

1. Il ne l'a pas encore livré aux Grecs.
2. **Résolue** : décidée.

Dieux ! ne pourrai-je au moins toucher votre pitié ?
Sans espoir de pardon m'avez-vous condamnée ?

PYRRHUS

Phœnix vous le dira, ma parole est donnée.

ANDROMAQUE

Vous qui braviez pour moi tant de périls divers !

PYRRHUS

J'étais aveugle alors ; mes yeux se sont ouverts.
Sa grâce à vos désirs pouvait être accordée[1] ;
Mais vous ne l'avez pas seulement demandée :
C'en est fait[2].

ANDROMAQUE

Ah ! Seigneur ! vous entendiez assez
Des soupirs qui craignaient de se voir repoussés.
Pardonnez à l'éclat d'une illustre fortune
Ce reste de fierté, qui craint d'être importune[3].
Vous ne l'ignorez pas : Andromaque, sans vous,
N'aurait jamais d'un maître embrassé les genoux[4].

PYRRHUS

Non, vous me haïssez ; et dans le fond de l'âme
Vous craignez de devoir quelque chose à ma flamme.

1. J'aurais pu lui accorder ma grâce et le laisser vivre si vous l'aviez voulu.
2. C'est décidé.
3. Pardonnez-moi si je vous semble trop orgueilleuse : c'est mon rang, ma vie d'avant qui expliquent ma fierté, sans doute déplacée.
4. C'est à cause de vous que je suis réduite au rang d'esclave.

Ce fils même, ce fils, l'objet de tant de soins,
Si je l'avais sauvé, vous l'en aimeriez moins.
La haine, le mépris, contre moi tout s'assemble ;
Vous me haïssez plus que tous les Grecs ensemble.
Jouissez à loisir d'un si noble courroux.
Allons, Phœnix.

ANDROMAQUE

Allons rejoindre mon époux.

CÉPHISE

Madame...

ANDROMAQUE

Et que veux-tu que je lui dise encore ?
Auteur de tous mes maux, crois-tu qu'il les ignore ?
Seigneur, voyez l'état où vous me réduisez.
J'ai vu mon père mort et nos murs embrasés[1],
J'ai vu trancher les jours de ma famille entière[2],
Et mon époux sanglant traîné sur la poussière●,
Son fils seul avec moi, réservé pour les fers[3].
Mais que ne peut un fils ? Je respire, je sers[4].
J'ai fait plus : je me suis quelquefois consolée
Qu'ici plutôt qu'ailleurs le sort m'eût exilée ;
Qu'heureux dans son malheur, le fils de tant de rois,
Puisqu'il devait servir[5], fût tombé sous vos lois.
J'ai cru que sa prison deviendrait son asile.

1. **Embrasés** : en flammes.
2. J'ai vu mourir toute ma famille.
3. **Les fers** : l'esclavage.
4. **Je sers** : je suis esclave.
5. **Servir** : être esclave.

● **Dans l'*Iliade* Achille, rendu fou de douleur par la mort de son ami Patrocle, tué par Hector, tue celui-ci puis traîne son cadavre attaché à son char dans la poussière.**

Jadis Priam soumis fut respecté d'Achille● :
J'attendais de son fils encor plus de bonté.
Pardonne, cher Hector, à ma crédulité.
Je n'ai pu soupçonner ton ennemi d'un crime ;
Malgré lui-même enfin je l'ai cru magnanime[1].
Ah ! s'il l'était assez pour nous laisser du moins
Au tombeau qu'à ta cendre ont élevé mes soins ;
Et que finissant là sa haine et nos misères,
Il ne séparât point des dépouilles si chères !

PYRRHUS

Va m'attendre, Phœnix.

SCÈNE 7 – Pyrrhus, Andromaque, Céphise

PYRRHUS *continue.*

Madame, demeurez.
On peut vous rendre encor ce fils que vous pleurez.
Oui, je sens à regret qu'en excitant vos larmes
Je ne fais contre moi que vous donner des armes.
Je croyais apporter plus de haine en ces lieux.
Mais, Madame, du moins tournez vers moi les yeux :
Voyez si mes regards sont d'un juge sévère,
S'ils sont d'un ennemi qui cherche à vous déplaire.

1. **Magnanime** : généreux.

● **Dans le chant XXIV de l'*Iliade*, Achille accepte de rendre à Priam le corps de son fils Hector.**

Pourquoi me forcez-vous vous-même à vous trahir ?
Au nom de votre fils, cessons de nous haïr.
À le sauver enfin c'est moi qui vous convie.
Faut-il que mes soupirs vous demandent sa vie ?
Faut-il qu'en sa faveur j'embrasse vos genoux[1] ?
Pour la dernière fois, sauvez-le, sauvez-vous.
Je sais de quels serments je romps pour vous les chaînes[2],
Combien je vais sur moi faire éclater de haines.
Je renvoie Hermione, et je mets sur son front,
Au lieu de ma couronne, un éternel affront.
Je vous conduis au temple où son hymen s'apprête,
Je vous ceins du bandeau préparé pour sa tête[3].
Mais ce n'est plus, Madame, une offre à dédaigner :
Je vous le dis, il faut ou périr ou régner.
Mon cœur, désespéré d'un an d'ingratitude,
Ne peut plus de son sort souffrir[4] l'incertitude.
C'est craindre, menacer et gémir trop longtemps.
Je meurs si je vous perds, mais je meurs si j'attends.
Songez-y : je vous laisse, et je viendrai vous prendre
Pour vous mener au temple où ce fils doit m'attendre.
Et là vous me verrez, soumis ou furieux,
Vous couronner, Madame, ou le perdre à vos yeux.

1. Chez les Grecs, embrasser les genoux est un signe de respect.
2. Pour Andromaque, Pyrrhus trahit son alliance avec les chefs grecs et ses fiançailles avec Hermione.
3. Je mets autour de votre tête le bandeau qu'une fiancée porte le jour de son mariage.
4. **Souffrir** : supporter.

Andromaque et Pyrrhus, acte III scène 7.
Gravure. Paris, BN.

SCÈNE 8 – ANDROMAQUE, CÉPHISE

CÉPHISE

Je vous l'avais prédit, qu'en dépit de la Grèce[1],
De votre sort encor vous seriez la maîtresse.

ANDROMAQUE

Hélas ! de quel effet tes discours sont suivis ?
Il ne me restait plus qu'à condamner mon fils.

CÉPHISE

Madame, à votre époux, c'est être assez fidèle :
Trop de vertu pourrait vous rendre criminelle ;
Lui-même il porterait votre âme à la douceur.

ANDROMAQUE

Quoi ? je lui donnerais Pyrrhus pour successeur ?

CÉPHISE

Ainsi le veut son fils, que les Grecs vous ravissent.
Pensez-vous qu'après tout ses mânes en rougissent● ?
Qu'il méprisât, Madame, un roi victorieux
Qui vous fait remonter au rang de vos aïeux[2] ;
Qui foule aux pieds pour vous vos vainqueurs en colère,
Qui ne se souvient plus qu'Achille était son père,
Qui dément ses exploits et les rend superflus ?

1. **En dépit de la Grèce** : malgré la pression des chefs grecs.
2. En épousant Pyrrhus Andromaque retrouverait son rang de reine.

● **Chez les Latins, les mânes sont les esprits infernaux qui veillent sur les morts. Racine transpose ici une réalité latine dans le monde grec.**

ANDROMAQUE

Dois-je les oublier, s'il ne s'en souvient plus ?
Dois-je oublier Hector privé de funérailles●,
Et traîné sans honneur autour de nos murailles ?
Dois-je oublier son père à mes pieds renversé,
Ensanglantant l'autel qu'il tenait embrassé● ?
Songe, songe, Céphise, à cette nuit cruelle[1]
Qui fut pour tout un peuple une nuit éternelle ;
Figure-toi Pyrrhus les yeux étincelants,
Entrant à la lueur de nos palais brûlants ...
Sur tous mes frères morts se faisant un passage,
Et de sang tout couvert échauffant le carnage ;
Songe aux cris des vainqueurs, songe aux cris des mourants,
Dans la flamme étouffés, sous le fer expirants ;
Peins-toi dans ces horreurs Andromaque éperdue :
Voilà comme[2] Pyrrhus vint s'offrir à ma vue,
Voilà par quels exploits il sut se couronner,
Enfin voilà l'époux que tu me veux donner.
Non, je ne serai point complice de ses crimes ;
Qu'il nous prenne, s'il veut, pour dernières victimes.
Tous mes ressentiments lui seraient asservis[3].

CÉPHISE

Eh bien, allons donc voir expirer votre fils :
On n'attend plus que vous. Vous frémissez, Madame ?

1. **Cette nuit cruelle** : il s'agit de la dernière nuit de la guerre, pendant laquelle les Grecs ont enfin réussi à pénétrer dans Troie grâce à la ruse du cheval de Troie (voir p. 110).
2. **Comme** : comment.
3. Je lui laisserais mettre fin à tous mes malheurs.

● **Pour les Grecs de l'Antiquité, ne pas enterrer un mort est très grave car, sans sépulture, le défunt ne peut pas rejoindre les Enfers où séjournent les morts.**

● **Des textes postérieurs à l'*Iliade* – l'*Énéide* notamment – racontent comment Pyrrhus tue sauvagement le père d'Hector, le vieux roi Priam.**

ANDROMAQUE

Ah ! de quel souvenir viens-tu frapper mon âme !
Quoi, Céphise, j'irai voir expirer encor
Ce fils, ma seule joie, et l'image d'Hector ?
Ce fils, que de sa flamme il me laissa pour gage[1] ?
Hélas ! je m'en souviens, le jour que son courage
Lui fit chercher Achille, ou plutôt le trépas[2],
Il demanda son fils, et le prit dans ses bras :
Chère épouse, dit-il en essuyant mes larmes,
J'ignore quel succès le sort garde à mes armes[3] ;
Je te laisse mon fils pour gage de ma foi[4] :
S'il me perd, je prétends qu'il me retrouve en toi.
Si d'un heureux hymen la mémoire t'est chère,
Montre au fils à quel point tu chérissais le père.
Et je puis voir répandre un sang si précieux ?
Et je laisse avec lui périr tous ses aïeux ?
Roi barbare, faut-il que mon crime l'entraîne ?
Si je te hais, est-il coupable de ma haine ?
T'a-t-il de tous les siens reproché le trépas ?
S'est-il plaint à tes yeux des maux qu'il ne sent pas[5] ?
Mais cependant, mon fils, tu meurs si je n'arrête
Le fer[6] que le cruel tient levé sur ta tête.
Je l'en puis détourner, et je t'y vais offrir ?
Non, tu ne mourras point, je ne le puis souffrir[7].

1. Ce fils qu'il me laissa comme témoin de son amour.
2. **Le trépas** : la mort.
3. J'ignore quelle va être l'issue du combat.
4. Mon fils sera le témoin de mon engagement envers toi.
5. **Qu'il ne sent pas** : dont il ne se rend pas compte.
6. **Le fer** : celui du poignard ou de l'épée.
7. **Souffrir** : supporter.

Allons trouver Pyrrhus. Mais non, chère Céphise,
Va le trouver pour moi.

CÉPHISE

Que faut-il que je dise ?

ANDROMAQUE

Dis-lui que de mon fils l'amour est assez fort...
Crois-tu que dans son cœur il ait juré sa mort ?
L'amour peut-il si loin pousser sa barbarie ?

CÉPHISE

Madame, il va bientôt revenir en furie.

ANDROMAQUE

Eh bien ! va l'assurer...

CÉPHISE

De quoi ? de votre foi[1] ?

ANDROMAQUE

Hélas ! pour la promettre est-elle encore à moi ?
Ô cendres d'un époux ! ô Troyens ! ô mon père !
Ô mon fils, que tes jours coûtent cher à ta mère !
Allons.

CÉPHISE

Où donc, Madame ? et que résolvez[2]-vous ?

ANDROMAQUE

Allons sur son tombeau consulter mon époux.

1. **De votre foi** : de votre engagement (à l'épouser).
2. **Résolvez** : décidez.

Acte IV

SCÈNE 1 – ANDROMAQUE, CÉPHISE

CÉPHISE

Ah ! je n'en doute point : c'est votre époux, Madame,
C'est Hector qui produit ce miracle en votre âme.
Il veut que Troie encor se puisse relever[1]
Avec cet heureux fils qu'il vous fait conserver.
Pyrrhus vous l'a promis. Vous venez de l'entendre,
Madame : il n'attendait qu'un mot pour vous le rendre.
Croyez-en ses transports[2] : père, sceptre, alliés,
Content de votre cœur[3], il met tout à vos pieds.
Sur lui, sur tout son peuple il vous rend souveraine.
Est-ce là ce vainqueur digne de tant de haine ?
Déjà contre les Grecs plein d'un noble courroux,
Le soin de votre fils le touche autant que vous.
Il prévient leur fureur, il lui laisse sa garde[4] ;
Pour ne pas l'exposer, lui-même il se hasarde[5].
Mais tout s'apprête au temple[6], et vous avez promis...

ANDROMAQUE

Oui, je m'y trouverai. Mais allons voir mon fils.

1. Pyrrhus veut que le peuple troyen retrouve la place qu'il avait avant d'être vaincu par les Grecs.
2. Voyez la force de ses sentiments pour vous.
3. Lui à qui votre seul cœur suffit.
4. Il anticipe la fureur des Grecs et donne à Astyanax une protection armée.
5. Pour ne pas exposer Astyanax au danger, Pyrrhus prend lui-même des risques.
6. On fait au temple tous les préparatifs pour le mariage.

CÉPHISE

Madame, qui vous presse ? Il suffit que sa vue
Désormais à vos yeux ne soit plus défendue.
Vous lui pourrez bientôt prodiguer vos bontés,
Et vos embrassements ne seront plus comptés.
Quel plaisir d'élever un enfant qu'on voit craître[1],
Non plus comme un esclave élevé pour son maître,
Mais pour voir avec lui renaître tant de rois !

ANDROMAQUE

Céphise, allons le voir pour la dernière fois.

CÉPHISE

Que dites-vous ? Ô dieux !

ANDROMAQUE

Ô ma chère Céphise,
Ce n'est point avec toi que mon cœur se déguise[2].
Ta foi, dans mon malheur, s'est montrée à mes yeux[3] ;
Mais j'ai cru qu'à mon tour tu me connaissais mieux.
Quoi donc ? as-tu pensé qu'Andromaque infidèle
Pût trahir un époux qui croit revivre en elle,
Et que de tant de morts réveillant la douleur,
Le soin de mon repos me fît troubler le leur[4] ?
Est-ce là cette ardeur tant promise à sa cendre ?
Mais son fils périssait ; il l'a fallu défendre.

1. **Craître** : croître ; prononciation de l'époque, mais aussi accord de la rime.
2. À toi je ne peux pas mentir.
3. Tu m'as montré ta fidélité dans le malheur.
4. Céphise peut-elle croire qu'Andromaque, pour éviter de souffrir en se donnant la mort, accepte de troubler l'esprit de son mari défunt et de ses compagnons en décidant de vivre aux côtés de Pyrrhus après l'avoir épousé ?

Pyrrhus en m'épousant s'en déclare l'appui[1] ;
Il suffit : je veux bien m'en reposer sur lui.
Je sais quel est Pyrrhus : violent, mais sincère,
Céphise, il fera plus qu'il n'a promis de faire.
Sur le courroux des Grecs je m'en repose encor :
Leur haine va donner un père au fils d'Hector[2]
Je vais donc, puisqu'il faut que je me sacrifie,
Assurer à Pyrrhus le reste de ma vie ;
Je vais, en recevant sa foi sur les autels[3],
L'engager à mon fils par des nœuds immortels.
Mais aussitôt ma main, à moi seule funeste,
D'une infidèle vie abrégera le reste[4],
Et sauvant ma vertu, rendra ce que je doi[5]
À Pyrrhus, à mon fils, à mon époux, à moi.
Voilà de mon amour l'innocent stratagème,
Voilà ce qu'un époux m'a commandé lui-même ;
J'irai seule rejoindre Hector et mes aïeux.
Céphise, c'est à toi de me fermer les yeux.

CÉPHISE

Ah ! ne prétendez pas que je puisse survivre.

ANDROMAQUE

Non, non, je te défends, Céphise, de me suivre.
Je confie à tes soins mon unique trésor.

1. Pyrrhus a juré qu'une fois marié avec Andromaque il protégerait Astyanax.
2. Plus les Grecs seront en colère, plus Pyrrhus les détestera et puisera dans cette haine l'énergie nécessaire pour défendre Astyanax.
3. En me mariant avec lui.
4. Andromaque, une fois mariée, se tuera parce qu'elle serait infidèle à Hector en restant en vie.
5. **Doi** : dois ; licence poétique*.

Si tu vivais pour moi, vis pour le fils d'Hector.
De l'espoir des Troyens seule dépositaire,
Songe à combien de rois tu deviens nécessaire.
Veille auprès de Pyrrhus ; fais-lui garder sa foi[1] :
S'il le faut, je consens qu'on lui parle de moi ;
Fais-lui valoir l'hymen où je me suis rangée[2],
Dis-lui qu'avant ma mort je lui fus engagée,
Que ses ressentiments doivent être effacés[3],
Qu'en lui laissant mon fils, c'est l'estimer assez.
Fais connaître à mon fils les héros de sa race[4],
Autant que tu pourras, conduis-le sur leur trace :
Dis-lui par quels exploits leurs noms ont éclaté,
Plutôt ce qu'ils ont fait que ce qu'ils ont été ;
Parle-lui tous les jours des vertus de son père,
Et quelquefois aussi parle-lui de sa mère.
Mais qu'il ne songe plus, Céphise, à nous venger :
Nous lui laissons un maître, il le doit ménager[5].
Qu'il ait de ses aïeux un souvenir modeste :
Il est du sang d'Hector, mais il en est le reste ;
Et pour ce reste enfin j'ai moi-même, en un jour,
Sacrifié mon sang, ma haine, et mon amour.

CÉPHISE

Hélas !

1. **Sa foi** : son serment (veiller sur Astyanax si Andromaque l'épouse).
2. Rappelle-lui que j'ai accepté de me marier avec lui.
3. Qu'il ne doit plus m'en vouloir.
4. **Les héros de sa race** : les héros troyens.
5. Il doit prendre garde à ne rien faire qui puisse contrarier Pyrrhus.

ANDROMAQUE

Ne me suis point, si ton cœur en alarmes
Prévoit qu'il ne pourra commander à tes larmes.
On vient. Cache tes pleurs, Céphise, et souviens-toi
Que le sort d'Andromaque est commis à ta foi[1].
C'est Hermione. Allons, fuyons sa violence.

SCÈNE 2 – HERMIONE, CLÉONE

CLÉONE

Non, je ne puis assez admirer ce silence[2].
Vous vous taisez, Madame, et ce cruel mépris
N'a pas du moindre trouble agité vos esprits ?
Vous soutenez en paix une si rude attaque,
Vous qu'on voyait frémir au seul nom d'Andromaque ?
Vous qui sans désespoir ne pouviez endurer
Que Pyrrhus d'un regard la voulût honorer !
Il l'épouse, il lui donne, avec son diadème,
La foi que vous venez de recevoir vous-même,
Et votre bouche encor, muette à tant d'ennui[3],
N'a pas daigné s'ouvrir pour se plaindre de lui ?
Ah ! que je crains, Madame, un calme si funeste,
Et qu'il vaudrait bien mieux...

1. Le sort d'Andromaque dépend de la fidélité de Céphise, qui doit ne rien dire des intentions de sa maîtresse.
2. Ce silence m'étonne énormément.
3. **Muette à tant d'ennui** : silencieuse devant un tel malheur.

Ce « calme », porteur de mort, fait écho à celui d'Oreste, acte III, scène 2, qui inquiétait aussi Cléone.

HERMIONE

Fais-tu venir Oreste ?

CLÉONE

Il vient, Madame, il vient. Et vous pouvez juger
Que bientôt à vos pieds il allait se ranger ;
Prêt à servir toujours sans espoir de salaire,
Vos yeux ne sont que trop assurés de lui plaire.
Mais il entre.

SCÈNE 3 – ORESTE, HERMIONE, CLÉONE

ORESTE

Ah ! Madame ! est-il vrai qu'une fois
Oreste en vous cherchant obéisse à vos lois[1] ?
Ne m'a-t-on point flatté d'une fausse espérance ?
Avez-vous en effet souhaité ma présence ?
Croirai-je que vos yeux, à la fin désarmés,
Veulent...

HERMIONE

Je veux savoir, Seigneur, si vous m'aimez.

ORESTE

Si je vous aime ? ô dieux ! Mes serments, mes parjures,
Ma fuite, mon retour, mes respects, mes injures,
Mon désespoir, mes yeux de pleurs toujours noyés,
Quels témoins croirez-vous, si vous ne les croyez ?

1. Est-il vrai que, pour une fois, c'est à votre demande que je viens ?

HERMIONE

Vengez-moi, je crois tout.

ORESTE

Eh bien ! allons, Madame :
Mettons encore un coup toute la Grèce en flamme[1] ;
Prenons, en signalant mon bras et votre nom[2],
Vous, la place d'Hélène, et moi, d'Agamemnon[3].
De Troie en ce pays réveillons les misères[4],
Et qu'on parle de nous ainsi que de nos pères.
Partons, je suis tout prêt.

HERMIONE

Non, Seigneur, demeurons :
Je ne veux pas si loin porter de tels affronts.
Quoi ! de mes ennemis couronnant l'insolence,
J'irais attendre ailleurs une lente vengeance ?
Et je m'en remettrais au destin des combats,
Qui peut-être à la fin ne me vengerait pas ?
Je veux qu'à mon départ toute l'Épire pleure.
Mais si vous me vengez, vengez-moi dans une heure.
Tous vos retardements sont pour moi des refus.
Courez au temple. Il faut immoler[5]...

ORESTE

Qui ?

HERMIONE

Pyrrhus.

1. **Encore une fois** : la première fois, c'était lors de la guerre de Troie.
2. En rendant célèbres ma force au combat et votre nom.
3. C'est-à-dire la place de mère d'Hermione et de père d'Oreste.
4. Faisons connaître à Troie de nouvelles calamités.
5. **Immoler** : tuer ; c'est le terme employé pour un sacrifice.

ORESTE

Pyrrhus, Madame !

HERMIONE

Eh quoi ! votre haine chancelle ?
Ah ! courez, et craignez que je ne vous rappelle[1].
N'alléguez point des droits que je veux oublier[2] ;
Et ce n'est pas à vous à le justifier.

ORESTE

Moi, je l'excuserais ? Ah ! vos bontés, Madame,
Ont gravé trop avant ses crimes dans mon âme[3].
Vengeons-nous, j'y consens, mais par d'autres chemins :
Soyons ses ennemis, et non ses assassins ;
Faisons de sa ruine une juste conquête[4].
Quoi ! pour réponse aux Grecs porterai-je sa tête ?
Et n'ai-je pris sur moi le soin de tout l'État[5],
Que pour m'en acquitter par un assassinat ?
Souffrez, au nom des dieux, que la Grèce s'explique,
Et qu'il meure chargé de la haine publique●.
Souvenez-vous qu'il règne, et qu'un front couronné...

1. Oreste doit craindre qu'Hermione ne le rappelle pas car cela signifierait qu'elle ne lui fait plus confiance.
2. Ne prenez pas comme excuse pour ne pas agir les droits de Pyrrhus.
3. Vous avez été tellement bienveillante et lui s'est tellement mal comporté que cela est gravé trop profondément dans mon cœur pour que je l'excuse.
4. Cherchons à le perdre en restant dans un cadre légal.
5. En tant qu'ambassadeur envoyé par les Grecs, Oreste les représente tous.

● **Oreste, en tuant Pyrrhus sur l'ordre d'Hermione, fait de sa mort un crime de droit commun. Si les Grecs déclarent la guerre à Pyrrhus et qu'il est tué, sa mort n'est plus un crime mais un fait de guerre.**

HERMIONE

Ne vous suffit-il pas que je l'ai condamné ?
Ne vous suffit-il pas que ma gloire offensée
Demande une victime à moi seule adressée[1] ;
Qu'Hermione est le prix d'un tyran opprimé[2],
Que je le hais, enfin, Seigneur, que je l'aimais ?
Je ne m'en cache point : l'ingrat m'avait su plaire,
Soit qu'ainsi l'ordonnât mon amour ou mon père,
N'importe ; mais enfin réglez-vous là-dessus[3].
Malgré mes vœux, Seigneur, honteusement déçus,
Malgré la juste horreur que son crime me donne,
Tant qu'il vivra, craignez que je ne lui pardonne.
Doutez jusqu'à sa mort d'un courroux incertain :
S'il ne meurt aujourd'hui, je puis l'aimer demain.

ORESTE

Eh bien ! Il faut le perdre, et prévenir sa grâce[4] ;
Il faut... Mais cependant que faut-il que je fasse ?
Comment puis-je si tôt servir votre courroux ?
Quel chemin jusqu'à lui peut conduire mes coups ?
À peine suis-je encore arrivé dans l'Épire,
Vous voulez par mes mains renverser un empire ;
Vous voulez qu'un roi meure, et pour son châtiment
Vous ne donnez qu'un jour, qu'une heure, qu'un moment.
Aux yeux de tout son peuple, il faut que je l'opprime[5] ?

1. Hermione, ici, n'est pas fille de roi mais une amoureuse blessée. C'est elle et non son pays qu'Hermione veut venger.
2. S'il tue Pyrrhus, Oreste aura Hermione en récompense.
3. Faites ce que je vous dis.
4. Il faut qu'Oreste agisse avant qu'Hermione ne soit tentée de pardonner à Pyrrhus.
5. **Il faut que je l'opprime** : il faut que je le tue.

Laissez-moi vers l'autel conduire ma victime.
Je ne m'en défends plus ; et je ne veux qu'aller
Reconnaître la place où je dois l'immoler.
Cette nuit je vous sers, cette nuit je l'attaque.

HERMIONE

Mais cependant ce jour il épouse Andromaque.
Dans le temple déjà le trône est élevé.
Ma honte est confirmée, et son crime achevé.
Enfin qu'attendez-vous ? Il vous offre sa tête :
Sans gardes, sans défense, il marche à cette fête ;
Autour du fils d'Hector il les fait tous ranger ;
Il s'abandonne au bras qui me voudra venger.
Voulez-vous malgré lui prendre soin de sa vie[1] ?
Armez avec vos Grecs tous ceux qui m'ont suivie ;
Soulevez vos amis. Tous les miens sont à vous :
Il me trahit, vous trompe, et nous méprise tous.
Mais quoi ? Déjà leur haine est égale à la mienne :
Elle épargne à regret l'époux d'une Troyenne.
Parlez : mon ennemi ne vous peut échapper ;
Ou plutôt, il ne faut que les laisser frapper.
Conduisez ou suivez une fureur si belle ;
Revenez tout couvert du sang de l'infidèle ;
Allez : en cet état soyez sûr de mon cœur.

ORESTE

Mais, Madame, songez...

1. Voulez-vous l'épargner alors que lui-même se protège si peu ?

HERMIONE

Ah ! c'en est trop, Seigneur.
Tant de raisonnements offensent ma colère.
J'ai voulu vous donner les moyens de me plaire,
Rendre Oreste content ; mais enfin je vois bien
Qu'il veut toujours se plaindre, et ne mériter rien.
Partez : allez ailleurs vanter votre constance,
Et me laissez ici le soin de ma vengeance.
De mes lâches bontés mon courage est confus,
Et c'est trop en un jour essuyer de refus.
Je m'en vais seule au temple, où leur hymen s'apprête,
Où vous n'osez aller mériter ma conquête.
Là, de mon ennemi je saurai m'approcher ;
Je percerai le cœur que je n'ai pu toucher,
Et mes sanglantes mains, sur moi-même tournées,
Aussitôt, malgré lui, joindront nos destinées,
Et tout ingrat qu'il est, il me sera plus doux
De mourir avec lui que de vivre avec vous.

ORESTE

Non, je vous priverai de ce plaisir funeste,
Madame : il ne mourra que de la main d'Oreste.
Vos ennemis par moi vont vous être immolés,
Et vous reconnaîtrez mes soins[1], si vous voulez.

HERMIONE

Allez. De votre sort laissez-moi la conduite[2],
Et que tous vos vaisseaux soient prêts pour notre fuite.

1. **Mes soins** : mon dévouement.
2. Je m'occupe de tout pour vous.

SCÈNE 4 – HERMIONE, CLÉONE

CLÉONE

Vous vous perdez, Madame, et vous devez songer...

HERMIONE

Que je me perde ou non, je songe à me venger.
Je ne sais même encor, quoi qu'il m'ait pu promettre,
Sur d'autres que sur moi si je dois m'en remettre :
Pyrrhus n'est pas coupable à ses yeux comme aux miens,
Et je tiendrais mes coups bien plus sûrs que les siens.
Quel plaisir de venger moi-même mon injure,
De retirer mon bras teint du sang du parjure,
Et pour rendre sa peine et mes plaisirs plus grands,
De cacher ma rivale à ses regards mourants !
Ah ! si du moins Oreste, en punissant son crime,
Lui laissait le regret de mourir ma victime !
Va le trouver : dis-lui qu'il apprenne à l'ingrat
Qu'on l'immole à ma haine, et non pas à l'État.
Chère Cléone, cours : ma vengeance est perdue
S'il ignore en mourant que c'est moi qui le tue.

CLÉONE

Je vous obéirai ! Mais qu'est-ce que je voi[1] ?
Ô dieux ! qui l'aurait cru, Madame ? C'est le roi !

HERMIONE

Ah ! cours après Oreste ; et dis-lui, ma Cléone,
Qu'il n'entreprenne rien sans revoir Hermione !

1. **Voi** : vois ; licence poétique*.

SCÈNE 5 – PYRRHUS, HERMIONE, PHŒNIX

PYRRHUS

Vous ne m'attendiez pas, Madame, et je vois bien
Que mon abord ici trouble votre entretien.
Je ne viens point armé d'un indigne artifice,
D'un voile d'équité couvrir mon injustice[1] :
Il suffit que mon cœur me condamne tout bas,
Et je soutiendrais mal ce que je ne crois pas.
J'épouse une Troyenne. Oui, Madame, et j'avoue
Que je vous ai promis la foi que je lui voue.
Un autre vous dirait que dans les champs troyens
Nos deux pères sans nous formèrent ces liens,
Et que sans consulter ni mon choix ni le vôtre,
Nous fûmes sans amour engagés l'un à l'autre ;
Mais c'est assez pour moi que je me sois soumis[2].
Par mes ambassadeurs mon cœur vous fut promis ;
Loin de les révoquer, je voulus y souscrire :
Je vous vis avec eux arriver en Épire,
Et quoique d'un autre œil l'éclat victorieux
Eût déjà prévenu le pouvoir de vos yeux[3],
Je ne m'arrêtai point à cette ardeur nouvelle ;
Je voulus m'obstiner à vous être fidèle :
Je vous reçus en reine, et jusques à ce jour

1. Je ne vais pas, en inventant je ne sais quelle raison, faire passer pour juste ce que j'ai fait et qui ne peut être justifié.
2. Même sans amour, le fait de d'être engagé envers vous me donnait des devoirs.
3. Pyrrhus était déjà tombé sous le charme d'Andromaque avant l'arrivée d'Hermione.

J'ai cru que mes serments me tiendraient lieu d'amour.
Mais cet amour l'emporte. Et par un coup funeste,
Andromaque m'arrache un cœur qu'elle déteste.
L'un par l'autre entraînés, nous courons à l'autel
Nous jurer, malgré nous, un amour immortel.
Après cela, Madame, éclatez contre un traître,
Qui l'est avec douleur, et qui pourtant veut l'être.
Pour moi, loin de contraindre un si juste courroux,
Il me soulagera peut-être autant que vous.
Donnez-moi tous les noms destinés aux parjures :
Je crains votre silence, et non pas vos injures[1],
Et mon cœur soulevant mille secrets témoins
M'en dira d'autant plus que vous m'en direz moins.

HERMIONE

Seigneur, dans cet aveu dépouillé d'artifice,
J'aime à voir que du moins vous vous rendiez justice,
Et que voulant bien rompre un nœud si solennel,
Vous vous abandonniez au crime en criminel.
Est-il juste après tout qu'un conquérant s'abaisse
Sous la servile loi de garder sa promesse ?
Non, non, la perfidie a de quoi vous tenter ;
Et vous ne me cherchez que pour vous en vanter.
Quoi ? Sans que ni serment ni devoir vous retienne,
Rechercher une Grecque, amant d'une Troyenne ?
Me quitter, me reprendre, et retourner encor
De la fille d'Hélène à la veuve d'Hector ?

1. On retrouve ici encore le thème du silence plus menaçant que les cris (voir acte III, scène 3 et acte IV, scène 3).

Couronner tour à tour l'esclave, et la princesse,
Immoler Troie aux Grecs, au fils d'Hector la Grèce ?
Tout cela part d'un cœur toujours maître de soi,
D'un héros qui n'est point esclave de sa foi.
Pour plaire à votre épouse, il vous faudrait peut-être
Prodiguer les doux noms de parjure, et de traître.
Vous veniez de mon front observer la pâleur,
Pour aller dans ses bras rire de ma douleur.
Pleurante après son char[1] vous voulez qu'on me voie ;
Mais, Seigneur, en un jour ce serait trop de joie ;
Et sans chercher ailleurs des titres empruntés,
Ne vous suffit-il pas de ceux que vous portez ?
Du vieux père d'Hector la valeur abattue
Aux pieds de sa famille expirante à sa vue,
Tandis que dans son sein votre bras enfoncé
Cherche un reste de sang que l'âge avait glacé ;
Dans des ruisseaux de sang Troie ardente plongée,
De votre propre main Polyxène égorgée
Aux yeux de tous les Grecs indignés contre vous :
Que peut-on refuser à ces généreux coups● ?

PYRRHUS

Madame, je sais trop à quels excès de rage
La vengeance d'Hélène emporta mon courage.
Je puis me plaindre à vous du sang que j'ai versé ;
Mais enfin je consens d'oublier le passé.

1. Référence implicite à Hector dont le cadavre fut traîné derrière le char de son vainqueur, Achille, même s'il s'agit ici d'un char nuptial.

● **C'est Pyrrhus qui, selon certains auteurs antiques, a tué Priam, le père d'Hector, et Polyxène, la plus jeune de ses sœurs.**

Je rends grâces au ciel que votre indifférence
De mes heureux soupirs m'apprenne l'innocence[1].
Mon cœur, je le vois bien, trop prompt à se gêner,
Devait mieux vous connaître et mieux s'examiner.
Mes remords vous faisaient une injure mortelle.
Il faut se croire aimé pour se croire infidèle.
Vous ne prétendiez point m'arrêter dans vos fers[2] :
Je crains de vous trahir, peut-être je vous sers.
Nos cœurs n'étaient point faits dépendants l'un de l'autre ;
Je suivais mon devoir, et vous cédiez au vôtre ;
Rien ne vous engageait à m'aimer en effet.

HERMIONE

Je ne t'ai point aimé, cruel ? Qu'ai-je donc fait ?
J'ai dédaigné pour toi les vœux de tous nos princes[3],
Je t'ai cherché moi-même au fond de tes provinces.
J'y suis encor, malgré tes infidélités,
Et malgré tous mes Grecs honteux de mes bontés.
Je leur ai commandé de cacher mon injure[4] ;
J'attendais en secret le retour d'un parjure ;
J'ai cru que tôt ou tard, à ton devoir rendu,
Tu me rapporterais un cœur qui m'était dû.
Je t'aimais inconstant, qu'aurais-je fait fidèle ?
Et même en ce moment, où ta bouche cruelle

1. Pyrrhus est rassuré de voir Hermione si calme et indifférente : il veut y voir la preuve qu'il n'est pas coupable envers elle d'aimer Andromaque.
2. **Fers** : chaînes de l'amour ; métaphore galante déjà rencontrée.
3. J'ai refusé pour toi les demandes en mariage de tous les princes.
4. **Mon injure** : le tort qui m'a été fait.

Vient si tranquillement m'annoncer le trépas[1],
Ingrat, je doute encor si je ne t'aime pas.
Mais, Seigneur, s'il le faut, si le ciel en colère
Réserve à d'autres yeux la gloire de vous plaire,
Achevez votre hymen, j'y consens ; mais du moins
Ne forcez pas mes yeux d'en être les témoins.
Pour la dernière fois je vous parle peut-être.
Différez-le d'un jour, demain, vous serez maître.
Vous ne répondez point ? Perfide, je le voi[2],
Tu comptes les moments que tu perds avec moi.
Ton cœur, impatient de revoir ta Troyenne,
Ne souffre qu'à regret qu'un autre t'entretienne.
Tu lui parles du cœur, tu la cherches des yeux.
Je ne te retiens plus, sauve-toi de ces lieux,
Va lui jurer la foi que tu m'avais jurée,
Va profaner des dieux la majesté sacrée.
Ces dieux, ces justes dieux n'auront pas oublié
Que les mêmes serments avec moi t'ont lié.
Porte au pied des autels ce cœur qui m'abandonne.
Va, cours ; mais crains encor d'y trouver Hermione.

SCÈNE 6 – PYRRHUS, PHŒNIX

PHŒNIX

Seigneur, vous entendez. Gardez de[3] négliger
Une amante en fureur, qui cherche à se venger.

1. **Le trépas** : ma mort.
2. **Voi** : vois ; licence poétique*.
3. **Gardez de** : abstenez-vous de.

Elle n'est en ces lieux que trop bien appuyée[1] :
La querelle des Grecs à la sienne est liée ;
Oreste l'aime encore, et peut-être à ce prix...

PYRRHUS

Andromaque m'attend. Phœnix, garde son fils.

François Dominique Aimé Milhomme, Andromaque, *vers 1800. Plâtre original. Paris, musée du Louvre.*

1. Elle a ici beaucoup d'appuis, d'alliés.

Acte V

SCÈNE 1 – HERMIONE, *seule*.

Où suis-je ? Qu'ai-je fait ? Que dois-je faire encore ?
Quel transport me saisit ? Quel chagrin me dévore ?
Errante, et sans dessein, je cours dans ce palais.
Ah ! ne puis-je savoir si j'aime, ou si je hais ?
Le cruel ! de quel œil il m'a congédiée !
Sans pitié, sans douleur au moins étudiée[1].
L'ai-je vu se troubler et me plaindre un moment ?
En ai-je pu tirer un seul gémissement ?
Muet à mes soupirs, tranquille à mes alarmes,
Semblait-il seulement qu'il eût part à mes larmes ?
Et je le plains encore ! Et pour comble d'ennui[2],
Mon cœur, mon lâche cœur s'intéresse pour lui ?
Je tremble au seul penser du coup qui le menace ?
Et prête à me venger, je lui fais déjà grâce ?
Non, ne révoquons point l'arrêt de mon courroux[3] :
Qu'il périsse. Aussi bien[4] il ne vit plus pour nous.
Le perfide[5] triomphe et se rit de ma rage :
Il pense voir en pleurs dissiper cet orage ;
Il croit que toujours faible et d'un cœur incertain,
Je parerai d'un bras les coups de l'autre main.

1. Pyrrhus n'a même pas fait semblant d'avoir pitié ou de souffrir.
2. **Ennui** : malheur (sens fort).
3. Maintenons la décision que la colère m'a fait prendre (faire tuer Pyrrhus par Oreste).
4. **Aussi bien** : d'ailleurs.
5. **Le perfide** : le traître.

Il juge encor de moi par mes bontés passées.
Mais plutôt le perfide a bien d'autres pensées :
Triomphant dans le temple, il ne s'informe pas
Si l'on souhaite ailleurs sa vie ou son trépas.
Il me laisse, l'ingrat ! cet embarras funeste.
Non, non, encore un coup, laissons agir Oreste.
Qu'il meure, puisque enfin il a dû le prévoir,
Et puisqu'il m'a forcée enfin à le vouloir.
À le vouloir ? Hé quoi ? C'est donc moi qui l'ordonne ?
Sa mort sera l'effet de l'amour d'Hermione ?
Ce prince, dont mon cœur se faisait autrefois
Avec tant de plaisir redire les exploits,
À qui même en secret je m'étais destinée
Avant qu'on eût conclu ce fatal hyménée[1],
Je n'ai donc traversé tant de mers, tant d'États,
Que pour venir si loin préparer son trépas ?
L'assassiner ? le perdre ? Ah ! devant[2] qu'il expire...

SCÈNE 2 – HERMIONE, CLÉONE

HERMIONE

Ah ! qu'ai-je fait, Cléone ? et que viens-tu me dire ?
Que fait Pyrrhus ?

CLÉONE

Il est au comble de ses vœux,
Le plus fier des mortels, et le plus amoureux.

1. **Hyménée** : mariage.
2. **Devant** : avant.

Je l'ai vu vers le temple, où son hymen s'apprête,
Mener en conquérant sa nouvelle conquête,
Et d'un œil où brillaient sa joie et son espoir,
S'enivrer, en marchant, du plaisir de la voir.
Andromaque, au travers de mille cris de joie,
Porte jusqu'aux autels le souvenir de Troie.
Incapable toujours d'aimer et de haïr,
Sans joie, et sans murmure elle semble obéir.

HERMIONE

Et l'ingrat ? Jusqu'au bout il a poussé l'outrage ?
Mais as-tu bien, Cléone, observé son visage ?
Goûte-t-il des plaisirs tranquilles et parfaits ?
N'a-t-il point détourné ses yeux vers le palais ?
Dis-moi, ne t'es-tu point présentée à sa vue ?
L'ingrat a-t-il rougi lorsqu'il t'a reconnue ?
Son trouble avouait-il son infidélité ?
A-t-il jusqu'à la fin soutenu sa fierté ?

CLÉONE

Madame, il ne voit rien. Son salut et sa gloire[1]
Semblent être avec vous sortis de sa mémoire.
Sans songer qui le suit, ennemis ou sujets,
Il poursuit seulement ses amoureux projets.
Autour du fils d'Hector il a rangé sa garde,
Et croit que c'est lui seul que le péril regarde.
Phœnix même en répond, qui l'a conduit exprès
Dans un fort éloigné du temple et du palais.
Voilà, dans ses transports, le seul soin qui lui reste[2].

1. **Sa gloire** : son honneur, sa réputation.
2. Voilà, au milieu de ses sentiments passionnés, la seule chose dont il se préoccupe.

HERMIONE

Le perfide ! Il mourra. Mais que t'a dit Oreste ?

CLÉONE

Oreste, avec ses Grecs, dans le temple est entré.

HERMIONE

Hé bien ? à me venger n'est-il pas préparé ?

CLÉONE

Je ne sais.

HERMIONE

Tu ne sais ? Quoi donc ? Oreste encore,
Oreste me trahit ?

CLÉONE

Oreste vous adore.
Mais de mille remords son esprit combattu
Croit tantôt son amour, et tantôt sa vertu.
Il respecte en Pyrrhus l'honneur du diadème[1];
Il respecte en Pyrrhus Achille, et Pyrrhus même ;
Il craint la Grèce, il craint l'univers en courroux,
Mais il se craint, dit-il, soi-même plus que tous.
Il voudrait en vainqueur vous apporter sa tête ;
Le seul nom d'assassin l'épouvante et l'arrête.
Enfin il est entré, sans savoir dans son cœur
S'il en devait sortir coupable, ou spectateur.

HERMIONE

Non, non, il les verra triompher sans obstacle,
Il se gardera bien de troubler ce spectacle.
Je sais de quels remords son courage est atteint :

1. Il respecte Pyrrhus parce que c'est un roi.

Le lâche craint la mort, et c'est tout ce qu'il craint.
Quoi ? sans qu'elle employât une seule prière,
Ma mère en sa faveur arma la Grèce entière ?
Ses yeux pour leur querelle, en dix ans de combats,
Virent périr vingt rois qu'ils ne connaissaient pas[1] ?
Et moi, je ne prétends que la mort d'un parjure,
Et je charge un amant du soin de mon injure[2],
Il peut me conquérir à ce prix, sans danger,
Je me livre moi-même et ne puis me venger ?
Allons : c'est à moi seule à me rendre justice.
Que de cris de douleur le temple retentisse ;
De leur hymen fatal troublons l'événement[3],
Et qu'ils ne soient unis, s'il se peut, qu'un moment.
Je ne choisirai point dans ce désordre extrême :
Tout me sera Pyrrhus, fût-ce Oreste lui-même.
Je mourrai ; mais au moins ma mort me vengera,
Je ne mourrai pas seule, et quelqu'un me suivra.

SCÈNE 3 – ORESTE, HERMIONE, CLÉONE

ORESTE

Madame, c'en est fait, et vous êtes servie :
Pyrrhus rend à l'autel son infidèle vie.

1. Elle vit mourir pour sa défense, pendant dix ans, des rois qui ne la connaissaient pas.
2. Je charge un homme qui m'aime (« amant ») de venger le tort (« injure ») qu'on m'a fait.
3. **Événement** : accomplissement.

C'est pour aller rechercher Hélène, la mère d'Hermione, enlevée par le Troyen Pâris, que les Grecs se sont armés contre Troie.

HERMIONE

Il est mort ?

ORESTE

Il expire ; et nos Grecs irrités
Ont lavé dans son sang ses infidélités.
Je vous l'avais promis ; et quoique mon courage
Se fît de ce complot une funeste image[1],
J'ai couru vers le temple, où nos Grecs dispersés
Se sont jusqu'à l'autel dans la foule glissés.
Pyrrhus m'a reconnu. Mais sans changer de face[2],
Il semblait que ma vue excitât son audace,
Que tous les Grecs bravés en leur ambassadeur
Dussent de son hymen relever la splendeur[3].
Enfin, avec transport prenant son diadème,
Sur le front d'Andromaque il l'a posé lui-même :
Je vous donne, a-t-il dit, ma couronne et ma foi,
Andromaque, régnez sur l'Épire et sur moi.
Je voue à votre fils une amitié de père,
J'en atteste les dieux, je le jure à sa mère :
Pour tous mes ennemis je déclare les siens,
Et je le reconnais pour le roi des Troyens.
À ces mots, qui du peuple attiraient le suffrage[4],
Nos Grecs n'ont répondu que par un cri de rage ;
L'infidèle s'est vu partout envelopper,

1. Oreste pensait que ce complot contre Pyrrhus était une très mauvaise idée mais il a agi par amour pour Hermione.
2. **Face** : figure.
3. Pyrrhus défie les Grecs en épousant Andromaque et la présence à son mariage d'Oreste, ambassadeur des Grecs impuissants, est pour lui un motif de fierté.
4. À ces mots qui recueillaient l'approbation de la foule.

Et je n'ai pu trouver de place pour frapper.
Chacun se disputait la gloire de l'abattre.
Je l'ai vu dans leurs mains quelque temps se débattre,
Tout sanglant à leurs coups vouloir se dérober,
Mais enfin à l'autel il est allé tomber.
Du peuple épouvanté j'ai traversé la presse[1]
Pour venir de ces lieux enlever ma princesse,
Et regagner le port, où bientôt nos amis
Viendront couverts du sang que je vous ai promis.

HERMIONE

Qu'ont-ils fait !

ORESTE

Pardonnez à leur impatience :
Ils ont, je le vois bien, trahi votre vengeance.
Vous vouliez que ma main portât les premiers coups,
Qu'il sentît en mourant qu'il expirait pour vous ;
Mais c'est moi dont l'ardeur leur a servi d'exemple :
Je les ai pour vous seule entraînés dans le temple,
Madame, et vous pouvez justement vous flatter
D'une mort que leurs bras n'ont fait qu'exécuter.
Vous seule avez poussé les coups...

HERMIONE

Tais-toi, perfide[2].
Et n'impute qu'à toi ton lâche parricide[3].

1. **Presse** : foule.
2. **Perfide** : traître.
3. **Parricide** : le mot, qui signifie le plus souvent meurtre d'un père, d'une mère ou plus largement d'un membre de la famille, peut s'employer aussi pour le meurtre d'un roi.

Marie Parouty dans le rôle d'Hermione. Mise en scène d'Andromaque de Thomas Le Douarec. Théâtre du Chêne, Avignon, 2006.

Va faire chez tes Grecs admirer ta fureur[1],
Va, je la désavoue, et tu me fais horreur.
Barbare, qu'as-tu fait ? Avec quelle furie
As-tu tranché le cours d'une si belle vie ?
Avez-vous pu, cruels, l'immoler aujourd'hui,
Sans que tout votre sang se soulevât pour lui ?
Mais parle : de son sort qui t'a rendu l'arbitre ?
Pourquoi l'assassiner ? Qu'a-t-il fait ? À quel titre ?
Qui te l'a dit ?

ORESTE

Ô dieux ! Quoi ? ne m'avez-vous pas
Vous-même, ici, tantôt, ordonné son trépas ?

HERMIONE

Ah ! fallait-il en croire une amante insensée ?
Ne devais-tu pas lire au fond de ma pensée ?
Et ne voyais-tu pas dans mes emportements
Que mon cœur démentait ma bouche à tous moments ?
Quand je l'aurais voulu, fallait-il y souscrire ?
N'as-tu pas dû cent fois te le faire redire,
Toi-même avant le coup me venir consulter,
Y revenir encore, ou plutôt m'éviter ?
Que ne me laissais-tu le soin de ma vengeance ?
Qui t'amène en des lieux où l'on fuit ta présence ?
Voilà de ton amour le détestable fruit :
Tu l'apportais, cruel, le malheur qui te suit.
C'est toi dont l'ambassade, à tous les deux fatale,
L'a fait pour son malheur pencher vers ma rivale.

1. **Fureur** : folie furieuse.

Nous le verrions encor nous partager ses soins ;
Il m'aimerait peut-être, il le feindrait du moins.
Adieu. Tu peux partir. Je demeure en Épire :
Je renonce à la Grèce, à Sparte, à son empire,
À toute ma famille ; et c'est assez pour moi,
Traître, qu'elle ait produit un monstre comme toi.

SCÈNE 4 – ORESTE, *seul.*

Que vois-je ? Est-ce Hermione ? Et que viens-je d'entendre ?
Pour qui coule le sang que je viens de répandre ?
Je suis, si je l'en crois, un traître, un assassin.
Est-ce Pyrrhus qui meurt ? et suis-je Oreste enfin ?
Quoi ? j'étouffe en mon cœur la raison qui m'éclaire.
J'assassine à regret un roi que je révère[1],
Je viole en un jour les droits des souverains,
Ceux des ambassadeurs, et tous ceux des humains ;
Ceux même des autels, où ma fureur l'assiège :
Je deviens parricide, assassin, sacrilège.
Pour qui ? pour une ingrate à qui je le promets,
Qui même, s'il ne meurt, ne me verra jamais,
Dont j'épouse la rage. Et quand je l'ai servie,
Elle me redemande et son sang et sa vie !
Elle l'aime ! et je suis un monstre furieux !
Je la vois pour jamais s'éloigner de mes yeux.
Et l'ingrate, en fuyant, me laisse pour salaire
Tous les noms odieux que j'ai pris pour lui plaire !

1. **Révère** : respecte profondément.

SCÈNE 5 – ORESTE, PYLADE, SOLDATS D'ORESTE

PYLADE

Il faut partir, Seigneur. Sortons de ce palais,
Ou bien résolvons-nous de n'en sortir jamais.
Nos Grecs pour un moment en défendent la porte ;
Tout le peuple assemblé nous poursuit à main-forte[1] ;
Aux ordres d'Andromaque ici tout est soumis,
Ils la traitent en reine, et nous comme ennemis.
Andromaque elle-même, à Pyrrhus si rebelle,
Lui rend tous les devoirs d'une veuve fidèle,
Commande qu'on le venge, et peut-être sur nous
Veut venger Troie encore et son premier époux.
Allons. N'attendons pas que l'on nous environne :
Nos Grecs nous rejoindront ; et tandis qu'Hermione
Tient encore le peuple autour d'elle arrêté,
Voilà notre chemin, sortons en sûreté.

ORESTE

Non, non, c'est Hermione, amis, que je veux suivre.
À son dernier arrêt je ne puis plus survivre.
Partez : j'ai fait le crime, et je vais l'expier.

PYLADE

Hermione, Seigneur ? Il la faut oublier.
Quoi ! toujours l'instrument et l'objet de sa rage,
Cherchez-vous chez les morts quelque nouvel outrage ?
Et parce qu'elle meurt faut-il que vous mouriez ?

1. **À main-forte** : les armes à la main.

ORESTE

Elle meurt ? Dieux ! qu'entends-je ?

PYLADE

Eh quoi ? vous l'ignoriez ?
En rentrant dans ces lieux nous l'avons rencontrée
Qui courait vers le temple, inquiète, égarée.
Elle a trouvé Pyrrhus porté sur des soldats
Que son sang excitait à venger son trépas.
Sans doute à cet objet sa rage s'est émue.
Mais du haut de la porte enfin nous l'avons vue
Un poignard à la main, sur Pyrrhus se courber,
Lever les yeux au ciel, se frapper et tomber.

ORESTE

Grâce aux dieux ! Mon malheur passe mon espérance[1] !
Oui, je te loue, ô ciel ! de ta persévérance.
Appliqué sans relâche au soin de me punir,
Au comble des douleurs tu m'as fait parvenir.
Ta haine a pris plaisir à former ma misère[2] ;
J'étais né pour servir d'exemple à ta colère[3],
Pour être du malheur un modèle accompli.
Hé bien ! je meurs content, et mon sort est rempli.
Où sont ces deux amants ? Pour couronner ma joie,
Dans leur sang, dans le mien, il faut que je me noie ;
L'un et l'autre en mourant je les veux regarder :
Réunissons trois cœurs qui n'ont pu s'accorder.

1. Mon malheur est encore plus grand que tout ce à quoi je pensais pouvoir m'attendre.
2. **Misère** : malheur.
3. Cette colère du ciel renvoie au « courroux » du sort dont le même Oreste, dans la première scène de l'acte I, pensait qu'il s'était adouci.

Mais quelle épaisse nuit tout à coup m'environne ?
De quel côté sortir ? D'où vient que je frissonne ?
Quelle horreur me saisit ? Grâce au ciel j'entrevoi[1]...
Dieux ! quels ruisseaux de sang coulent autour de moi !

PYLADE

Ah ! Seigneur !

ORESTE

Quoi ? Pyrrhus, je te rencontre encore ?
Trouverai-je partout un rival que j'abhorre[2] ?
Percé de tant de coups, comment t'es-tu sauvé ?
Tiens, tiens, voilà le coup que je t'ai réservé.
Mais que vois-je ? À mes yeux Hermione l'embrasse !
Elle vient l'arracher au coup qui le menace ?
Dieux ! quels affreux regards elle jette sur moi !
Quels démons, quels serpents traîne-t-elle après soi ?
Eh bien ! filles d'enfer, vos mains sont-elles prêtes ?
Pour qui sont ces serpents qui sifflent sur vos têtes ?
À qui destinez-vous l'appareil[3] qui vous suit ?
Venez-vous m'enlever dans l'éternelle nuit ?
Venez, à vos fureurs Oreste s'abandonne.
Mais non, retirez-vous, laissez faire Hermione :
L'ingrate mieux que vous saura me déchirer,
Et je lui porte enfin mon cœur à dévorer.

1. **J'entrevoi** : j'entrevois ; licence poétique*.
2. **Que j'abhorre** : que je déteste.
3. **L'appareil** : le cortège.

Les « filles d'enfer » invoquées par Oreste sont les déesses de la vengeance, les Érinyes, représentées sous la forme de femmes aux cheveux de serpents.

Ce vers est l'un des plus fameux de la pièce, pour l'harmonie de ses allitérations en *-s* qui semblent reproduire le sifflement du serpent.

PYLADE

Il perd le sentiment[1]. Amis, le temps nous presse.
Ménageons les moments que ce transport nous laisse[2].
Sauvons-le. Nos efforts deviendraient impuissants
S'il reprenait ici sa rage avec ses sens[3].

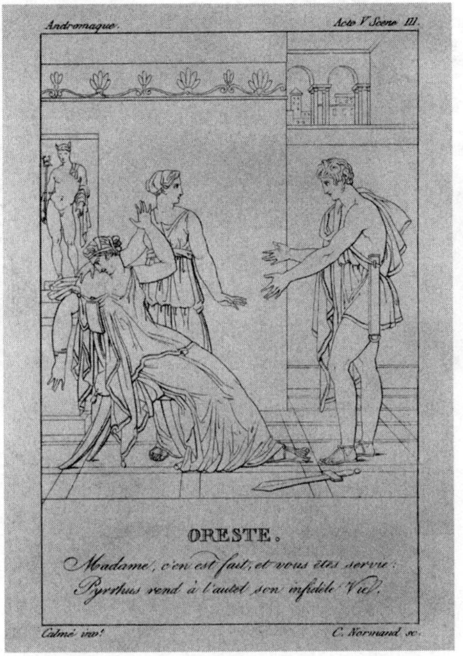

Andromaque, *acte V, scène 3.*
Paris, bibliothèque de l'Arsenal.

1. **Il perd le sentiment** : il perd connaissance, il s'évanouit.
2. Profitons de ce moment où il a perdu connaissance pour l'emmener.
3. Si Oreste prend conscience de la situation, il ne voudra plus partir et souhaitera sans doute se tuer à son tour.

Abraham Bosse, Le Sac de Troie, *gravure pour* l'Énéide. *Paris, BN.*

Andromaque

Une tragédie classique

Qu'est-ce qu'une tragédie classique ?

Le genre de la tragédie est né dans l'Antiquité grecque, au vᵉ siècle avant J.-C. Sur plus de 1 000 pièces sans doute, il ne nous en est resté qu'une trentaine. Le genre réapparaît cinq siècles plus tard à Rome. À l'époque de Racine, on écrit de nouveau des tragédies, avec des règles adaptées au classicisme.

● LES ORIGINES DE LA TRAGÉDIE CLASSIQUE

Littéralement, le mot *tragédie* signifie « chant du bouc ». Cette étymologie fait-elle référence à l'animal sacrifié en l'honneur du dieu du théâtre, Dionysos ? au prix donné à celui qui, lors des fêtes des Grandes Dionysies, à Athènes, gagnait le concours organisé pour les dramaturges* ? à un déguisement ?

La première tragédie conservée, *Les Perses* (472 av. J.-C.) d'Eschyle, traite d'un sujet contemporain : la récente victoire des Grecs sur les Perses à Salamine (480 av. J.-C.). Toutes les autres s'inspirent de récits de la mythologie.

Les trois grands auteurs tragiques, ceux dont on a conservé les pièces, sont Eschyle, Sophocle et Euripide. Tous les trois ont vécu et écrit au vᵉ siècle avant J.-C., à Athènes.

La *Poétique* d'Aristote et la catharsis

Dans la Poétique, *traité consacré à la création artistique, Aristote définit les règles de la tragédie. Celle-ci met en scène des personnages d'un rang social élevé : rois et reines, dieux et déesses. L'intrigue, qui doit être simple, est conçue pour susciter chez le spectateur la pitié (pour les personnages) et la peur (pour lui-même) : c'est le phénomène de la* ***catharsis*****, ou purification des sentiments. C'est-à-dire qu'en représentant des situations douloureuses sur scène, la tragédie offre la possibilité, à celui qui regarde, de libérer ses émotions tout en éprouvant du plaisir puisqu'il sait que ce qu'il voit est fictif.*

• LES RÈGLES DE LA TRAGÉDIE CLASSIQUE

La règle des trois unités

– **Unité de lieu :** les personnages évoluent dans un seul et même lieu, le plus souvent devant un palais ou dans l'une des pièces de ce palais.
– **Unité de temps :** l'intrigue doit se dérouler dans un temps qui est le plus proche possible de celui du spectateur, vingt-quatre heures au maximum.
– **Unité d'action :** le sujet de la pièce ne comporte qu'une intrigue principale, à laquelle peuvent néanmoins s'ajouter des intrigues secondaires en lien avec l'action principale.

Ainsi, dans Andromaque, *l'intrigue principale repose sur le chantage que Pyrrhus exerce sur Andromaque ; l'amour d'Hermione pour Pyrrhus et celui d'Oreste pour Hermione sont des intrigues secondaires.*

La bienséance et la vraisemblance

– À l'âge classique le public ne veut pas voir sur scène du sang et des meurtres. Les épisodes violents présents dans toutes les tragédies sont toujours racontés, le plus souvent dans une longue tirade*, par l'un des personnages. C'est la **règle de la bienséance**.
– Même si les événements racontés sortent toujours de l'ordinaire, ils se doivent de garder de la cohérence. Extraordinaire ne veut pas dire absurde. Pour que les spectateurs puissent s'identifier aux personnages et éprouver des sentiments de crainte et de pitié, il faut que l'auteur respecte le **principe de vraisemblance**. C'est d'ailleurs cette obligation de vraisemblance qui explique l'importance accordée à la règle des trois unités : pour croire à ce que l'on voit sur scène, il faut que le temps, la durée, le lieu de l'action soient précisément fixés et délimités.

• POURQUOI DE TELLES RÈGLES ?

Racine est considéré comme le plus grand auteur de tragédies de l'âge classique. Mais avant lui, Pierre Corneille, l'auteur du *Cid* (1637), avait déjà contribué à la mise en place de nouvelles règles pour l'écriture de la tragédie, genre très ancien réintroduit et réinventé au XVIIe siècle. C'est donc petit à petit que ces règles se sont constituées : Racine ne les a pas suivies parce qu'il était obligé de le faire mais parce que, définies par lui-même et par ses contemporains, ces règles lui permettaient la meilleure expression de son art dans le contexte qui était le sien.

Le cycle troyen et la réalité historique de la guerre de Troie

Le cycle* troyen rassemble les œuvres qui ont un rapport avec la guerre de Troie.

● LE JUGEMENT DE PÂRIS

Tout commence aux noces de Thétis et Pélée, les futurs parents du héros Achille. La déesse de la discorde, Éris, furieuse de ne pas avoir été invitée, vient lancer sur la table des convives une pomme portant ces mots : « À la plus belle ». Trois déesses la réclament : Athéna, Héra et Aphrodite. Et c'est cette dernière que choisit Pâris, le frère d'Hector, appelé comme juge. En récompense, la déesse lui accorde l'amour de la plus belle femme, Hélène, l'épouse de Ménélas, roi de Sparte. Pâris, le prince troyen, enlève la reine grecque : c'est le début de la guerre de Troie.

● LA COLÈRE D'ACHILLE

C'est le sujet de l'*Iliade*, l'une des deux grandes épopées* écrites par Homère au VIIIe siècle avant J.-C. Achille, après neuf années de guerre, se retire du combat parce que le roi Agamemnon lui a ravi sa captive préférée, Briséis. Cette colère prive les Grecs de leur meilleur guerrier et ils connaissent une succession de défaites. La mort de Patrocle, l'ami de cœur d'Achille tué par Hector, le décide à revenir au combat pour le venger, ce qu'il fait en tuant Hector.

● LE CHEVAL DE TROIE

La fin de la guerre de Troie est racontée dans l'*Odyssée*, l'autre poème épique d'Homère. C'est par la ruse que les Grecs arrivent à vaincre les Troyens, après dix ans de guerre. Ils font semblant de partir et abandonnent devant les murailles de Troie un immense cheval de bois qu'ils disent être une offrande aux dieux. Les Troyens finissent par ouvrir les portes de la ville pour le faire entrer. Et la nuit les guerriers grecs dissimulés dans l'animal en sortent et mettent la ville à feu et à sang.

Après la guerre

Le cycle troyen se prolonge par le récit du retour des héros après la guerre. L'histoire de Pyrrhus et Andromaque en fait partie. Le récit le plus célèbre de « l'après guerre de Troie » est celui du long et difficile retour d'Ulysse à Ithaque, sujet de l'Odyssée.

● MYTHE ET HISTOIRE

La guerre de Troie a-t-elle vraiment eu lieu ? Depuis l'époque d'Homère, qui raconte dans l'*Iliade* (VIIIe siècle av. J.-C.) des faits qui remonteraient au XIIe siècle avant J.-C., on s'interroge pour savoir si les récits de la guerre de Troie sont ou non le reflet d'une réalité historique.
Ce qu'on sait, c'est qu'il est probable que Troyens et Grecs avaient des raisons économiques et politiques d'être en conflit. Mais le récit d'Homère est une transposition poétique de la réalité historique et des personnages comme Achille ou Andromaque n'ont pas vraiment existé. Les fouilles menées par l'Allemand Heinrich Schliemann dans la deuxième moitié du XIXe siècle ont permis la découverte d'une ville ceinte de murailles sur la colline d'Hissarlik, en Turquie actuelle, à peu près à l'endroit où Homère situe Troie. L'archéologue y découvrit notamment un magnifique ensemble de bijoux en or appelé « Trésor de Priam ».

Heinrich Schliemann (1822-1890) : le père d'Andromaque et d'Agamemnon...

Cet homme passionné de voyages et d'histoire quitte l'école à 14 ans. Très vite il voyage et se lance dans le commerce où il fait fortune. Mais ce qui le passionne, c'est l'histoire des civilisations anciennes et surtout celle de la Grèce. À 44 ans, il commence des études d'archéologie. Grâce à son argent, à l'aide de spécialistes de l'Antiquité, et à son infatigable curiosité d'esprit, il réalise le rêve de sa vie en menant à Hissarlik des fouilles qui mettent au jour le site supposé de Troie. Schliemann avait épousé en deuxièmes noces une jeune Grecque avec laquelle il eut deux enfants : Andromaque et Agamemnon.

Étape 1 • Étudier la scène d'exposition

SUPPORT • Acte I, scène 1.

OBJECTIF • Comprendre le rôle de l'exposition.

As-tu bien lu ?

1 Quelle raison Oreste a-t-il de se réjouir à son arrivée en Épire ?
☐ Astyanax est prisonnier ☐ Hermione l'aime avec passion
☒ Il a retrouvé son ami Pylade

2 Qui est le roi de l'Épire ? Pyrrhus

3 Pourquoi Oreste est-il venu ?
☐ pour réclamer la mort d'Astyanax
☐ pour reconquérir Hermione
☒ pour ces deux raisons

4 Pourquoi Andromaque est-elle à la cour de Pyrrhus ? elle est prisonnière

5 Qui Andromaque aime-t-elle ?
☒ Hector ☐ Oreste ☐ Pyrrhus

6 Quel moyen de chantage Pyrrhus exerce-t-il sur Andromaque ?
elle l'épouse ou il tue Astyanax

La découverte du contexte et des personnages

7 Relève tous les noms de lieu. Lequel renvoie au passé commun de tous les personnages ? Troie

8 Quel personnage principal n'est jamais appelé par son nom ? Quel effet cela produit-il ?

9 Place dans le tableau les reprises nominales correspondant aux personnages cités.
Une inhumaine (v. 26) – sa fille (v. 41) – l'ennemi de la Grèce (v. 70) – Reste de tant de rois sous Troie ensevelis (v. 72) – Mon rival (v. 78) – l'ingrate (v. 85) – Cet enfant dont la vie alarme tant d'États (v. 92) – ma princesse (v. 94) – Un bien qu'il m'a ravi (v. 104) – la veuve d'Hector (v. 108) – cette veuve inhumaine (v. 109) – sa captive (v. 112) – cet amant irrité (v. 116) – le fils d'Hector (v. 136) – ce fils de sa maîtresse (v. 137) – la cruelle (v. 141).

Hermione	Pyrrhus	Andromaque	Astyanax
v 26			v 72

Les premiers éléments de l'intrigue

10 Pourquoi Oreste est-il mélancolique au début de la pièce ? Justifie ta réponse en t'appuyant sur le texte (v. 37 à 104).

11 Quelle décision Pyrrhus prend-il dans la dernière scène de la pièce ? Pourquoi a-t-il changé d'avis ?

Le genre et le ton de la pièce

12 À quel milieu social les personnages appartiennent-ils ?

13 Oreste suscite-t-il la pitié ou le rire ? Justifie ta réponse.

La langue et le style

14 Observe le vers 122 et relève les termes qui s'opposent pour former deux antithèses mises en parallèle. À quels personnages renvoient les deux éléments du parallélisme ?

15 Dans les vers 13 à 16, quels indices (ponctuation, figures de style, lexique...) montrent l'inquiétude qu'a éprouvée Pylade avant de retrouver Oreste ?

Faire le bilan

16 En t'aidant de tes réponses précédentes, explique comment cette première scène nous donne les clés de ce qui va suivre. Tu peux évoquer le lieu, les personnages mais aussi le ton et le genre de la pièce.

À toi de jouer

17 Autre amitié célèbre : celle d'Achille et Patrocle. Fais une recherche sur ces deux personnages, symboles de l'amitié comme les héros Oreste et Pylade.

Étape 2 • Découvrir le thème de la guerre de Troie

SUPPORT • Acte I, scène 2.

OBJECTIF • Comprendre le rôle joué par la guerre de Troie dans la pièce.

As-tu bien lu ?

1 Par qui Oreste a-t-il été choisi comme messager ?

2 Qui est « le fils d'Achille et le vainqueur de Troie » ?

3 Quel grand héros troyen Achille a-t-il tué ?

4 Quel enfant est esclave à la cour de Pyrrhus ?
☐ le fils d'Hector ☐ le fils d'Oreste ☐ le jeune frère d'Hector

5 Qui est la mère de cet enfant ?

6 Vers qui Pyrrhus envoie-t-il Oreste à la fin de la scène ?

Vainqueurs et vaincus

7 Relève le nom des trois héros grecs cités dans la scène et reporte-toi au repère 2 pour connaître leur histoire.

8 Quels renseignements donnent les vers 183 à 191 sur le sort réservé aux femmes des vaincus par les guerriers vainqueurs ?

9 Relève, dans les vers 195 à 204, trois expressions associées à la grandeur de Troie et trois à sa ruine. Quel effet crée l'opposition de ces deux tableaux ?

L'ombre d'Hector

10 Fais correspondre les vers de la tirade de Pyrrhus (v. 173-220) et les arguments défendus.
– Les Grecs sont ridicules d'avoir peur d'un très jeune enfant.
– J'ai le droit de faire ce que je veux avec mes prisonniers.
– Je ne me suis pas mêlé de ce que faisaient les autres rois.
– On ne peut pas prévoir dès aujourd'hui qu'Astyanax causera ma perte.

– Troie est complètement détruite et donc ne représente plus de danger.
– Si vraiment il fallait tuer Astyanax, pourquoi ne pas l'avoir fait tout de suite ?
– Maintenant que la guerre est finie, tuer froidement cet enfant serait cruel.

11 Dans les vers 221 à 229, qu'apprend-on sur le sort qu'aurait dû subir Astyanax à Troie ? Pourquoi Oreste rappelle-t-il ce fait à Pyrrhus ?

De glorieux aînés

12 En quoi Pyrrhus est-il le digne fils de son père ? Qu'a-t-il fait pourtant que son père n'aurait jamais fait ?

13 Rends à chacun son père ou sa mère en t'aidant des indications données dans cette scène, et en précisant le vers qui t'a permis de trouver l'information.

Enfants	Parents	Vers
Astyanax		
Hermione		
Oreste		
Pyrrhus		

La langue et le style

14 Qui est désigné sous le terme de « serpent » au vers 167 ? Pourquoi ? Comment appelle-t-on cette figure de style ?

Faire le bilan

15 En quoi peut-on dire que la guerre de Troie n'est pas seulement le cadre dans lequel se déroule la pièce, mais aussi un personnage à part entière ? Appuie-toi sur tes réponses précédentes pour répondre à cette question dans un paragraphe argumenté.

Étape 3 • Étudier le thème de la passion amoureuse

SUPPORT • Acte I, scène 4 ; acte II, scène 2.

OBJECTIF • Analyser les codes et les enjeux de la passion amoureuse chez Racine.

As-tu bien lu ?

1 Que Pyrrhus permet-il à Andromaque de faire une fois par jour ?
☐ voir son fils ☐ sortir de sa chambre
☐ se recueillir sur la tombe d'Hector

2 Quelles informations importantes Pyrrhus donne-t-il à Andromaque ?

3 Qu'était allé chercher Oreste chez les peuples barbares ?

4 Qu'apprend Oreste à Hermione au sujet de Pyrrhus ?

5 Pour quelle raison Oreste aimerait-il être à la place de Pyrrhus ?
☐ Il aime Andromaque ☐ Comme roi, il a tous les pouvoirs
☐ Il est aimé d'Hermione

6 Quelle mission Hermione confie-t-elle à Oreste à la fin de la scène 2 de l'acte II ?

Les caprices de l'amour

7 Relève, dans les vers 333 à 342 puis 355 à 362 les expressions qui montrent l'amour d'Andromaque pour Hector.

8 Compare la 1re réplique de la scène 4 de l'acte I et celle de la scène 2 de l'acte II. Quels sont les points communs et les différences ?

9 Relie chaque personnage à celui qu'il aime par une flèche.

Andromaque •	• Andromaque
Pyrrhus •	• Pyrrhus
Oreste •	• Oreste
Hermione •	• Hermione

a. Quel personnage n'aime personne ? Peut-on nuancer la réponse ?

b. Quel personnage n'est aimé de personne ?

c. Existe-t-il un couple qui s'aime d'un amour réciproque ?

Amour et tragédie

10 Que vient faire Andromaque quand le spectateur la voit pour la première fois ? En quoi cela ajoute-t-il au pathétique de la scène ?

11 Devant quel choix impossible Pyrrhus place-t-il Andromaque ?

12 Quel est le ton de la tirade d'Oreste du vers 481 au vers 504 ? Justifie.

13 Pourquoi, au vers 555, Oreste se sent-il insulté ?

La langue et le style

14 Dans le vers 320 , le mot « feux » possède à la fois son sens propre et un sens figuré. Relève dans la scène 2 de l'acte II (v. 551-576) deux autres emplois figurés de ce mot.

15 Repère deux antithèses, dans les répliques entre Hermione et Oreste des vers 536 à 555. Que veut dire ici l'emploi de cette figure de style ?

16 **a.** Hermione et Oreste ont chacun, dans la scène 2 de l'acte II, une réplique qui n'est faite que de trois syllabes. Retrouve-les et indique à quelle situation affective douloureuse elle renvoie.

Personnage	Réplique	Situation

b. Quel est l'effet produit par la brièveté de ces répliques ?

Faire le bilan

17 En t'appuyant sur tes réponses, dégage trois aspects qui te paraissent caractéristiques de la passion amoureuse chez les personnages d'*Andromaque*. Tu t'aideras des remarques sur l'intrigue mais aussi sur le caractère des personnages ou sur le style.

À toi de jouer

18 Rédige une page de journal intime qu'aurait pu écrire Hermione après son entrevue avec Oreste. Dans ce texte à la première personne, elle fait le point sur ce qu'elle ressent pour Oreste et pour Pyrrhus, et s'interroge sur ses devoirs envers son père, Ménélas.

Étape 4 • Analyser le personnage d'Andromaque

SUPPORT • Acte II, scène 5 ; acte III, scène 8 ; acte IV, scène 1.

OBJECTIF • Étudier le personnage d'Andromaque : son caractère, son rôle et ses liens avec les autres personnages.

As-tu bien lu ?

1 Quel est le principal obstacle pour Pyrrhus dans son amour pour Andromaque ?
☐ le souvenir d'Hector
☐ la pression des rois grecs
☐ son engagement envers Hermione

2 De qui Pyrrhus parle-t-il sans cesse ?

3 Au début de la scène 8 de l'acte III, quel souvenir douloureux Andromaque évoque-t-elle ?

4 À la fin de l'acte III, à qui Andromaque va-t-elle demander conseil ?
☐ Pyrrhus ☐ Céphise ☐ Hector

5 Quelle décision Andromaque a-t-elle prise entre l'acte III et l'acte IV ?

6 Que demande Andromaque à Céphise à la fin de la scène 1 de l'acte IV ?
☐ de mourir avec elle
☐ de partir
☐ de ne pas trahir son secret

Andromaque et Pyrrhus

7 Dans la scène 5 de l'acte II, trouve deux répliques de Pyrrhus qui montrent qu'il parle d'Andromaque sans que Phœnix ne l'ait interrogé à son sujet.

8 Quel conseil Phœnix donne-t-il à plusieurs reprises à Pyrrhus ?

9 Relève un vers qui résume les sentiments que Pyrrhus éprouve pour Andromaque.

La veuve d'Hector...

10 Au début de la scène 8 de l'acte III, que conseille Céphise à Andromaque ? Quels arguments avance-t-elle pour la convaincre ? Quels sont ceux d'Andromaque ?

11 Quelle impression crée sur le spectateur le dernier vers de la scène 8 de l'acte III ?

... et la mère d'Astyanax

11 Relève, dans la scène 1 de l'acte IV, toutes les reprises nominales désignant Astyanax. Pourquoi, à ton avis, son nom n'est-il jamais prononcé par Andromaque ?

12 Au vers 1124 (IV, 1), à quoi renvoient les mots « sang », « haine » et « amour » ?

La langue et le style

13 Quel effet produit la répétition du verbe au début du vers 997 (III, 8) ? Trouve dans la même tirade un vers dans lequel le même verbe est répété. De quelle facette du personnage d'Andromaque ces répétitions sont-elles le reflet ?

14 Du vers 1021 au vers 1026 (III, 8), comment sont rapportées les paroles d'Hector ? Pourquoi ?

Faire le bilan

15 Andromaque est-elle vraiment le personnage principal de la pièce ? Justifie ta réponse à l'aide d'arguments précis et d'exemples pris notamment – mais pas exclusivement – dans les scènes étudiées ci-dessus.

À toi de jouer

17 Fais une liste de dix titres de pièces de théâtre, de romans ou de films dont le titre reprend le nom du personnage éponyme*.

Étape 5 • Étudier le thème de la politique dans *Andromaque*

SUPPORT • Acte IV, scènes 5 et 6.

OBJECTIF • Comprendre le rôle de la politique dans la pièce à travers les personnages d'Hermione et de Pyrrhus.

As-tu bien lu ?

1 Que vient annoncer Pyrrhus à Hermione ?

2 De quelles morts violentes dans la famille royale de Troie Pyrrhus est-il responsable ?

3 Que pense Pyrrhus de sa propre cruauté pendant la guerre de Troie ?

4 Pyrrhus présente les liens qui l'attachent à Hermione comme :
☐ un accord politique
☐ des sentiments amoureux réciproques
☐ une amitié sincère

5 Que demande Hermione à Pyrrhus dans sa dernière tirade ?

6 Quel conseil Phœnix donne-t-il à Pyrrhus ?

Rois et reines

7 Sous quel nom Andromaque est-elle d'abord évoquée par Pyrrhus ? Que signifie le choix de cette reprise nominale ? Quelle différence fais-tu avec le vers 1298 ?

8 Comment Pyrrhus évoque-t-il ses fiançailles avec Hermione : en homme amoureux ou en roi ? Justifie en citant le texte (v. 1283-1296).

9 En quoi Pyrrhus, en choisissant d'épouser Andromaque, est-il un traître à sa patrie et à ses alliés ?

Hermione, ou la tragédie d'une princesse amoureuse

10 Dans les vers 1309 à 1340, Hermione semble faire l'éloge de Pyrrhus. Quelles qualités dit-elle admirer chez lui ? Le pense-t-elle vraiment ? Comment qualifier le ton qu'elle emploie ?

11 Qu'apprend-on, au vers 1357, sur les sacrifices politiques consentis par Hermione au nom de son amour pour Pyrrhus ?

Pyrrhus, un roi vaincu par l'amour

12 Comment Pyrrhus justifie-t-il la violence qu'il a exercée contre les Troyens pendant la guerre ?

13 Dans les vers 1344 à 1355, quelle idée Pyrrrhus expose-t-il ? Penses-tu qu'il croit vraiment à ce qu'il dit ?

14 À quelle menace politique Phœnix fait-il allusion ? Fais une citation précise du texte et explique-la.

15 Dans la scène 6 de l'acte IV, en quoi la dernière réplique montre-t-elle que Pyrrhus ne se comporte pas en roi mais en homme dominé par sa passion ?

La langue et le style

16 Quel type de phrase est utilisé au vers 1356 ? Quel sentiment cela traduit-il chez Hermione ?

17 Complète le tableau avec les termes qui s'opposent, vers 1318-1322.

une Grecque	....
....	me reprendre
la fille d'Hélène	....
....	la princesse
Immoler Troie aux Grecs	....

Quelle réalité ces oppositions traduisent-elles dans la conduite de Pyrrhus ?

Faire le bilan

18 Le thème de la politique te semble-t-il central dans la pièce ? Pour répondre, réfléchis aux enjeux de l'intrigue, au caractère des personnages, au contexte.

À toi de jouer

19 Entraîne-toi, avec un ou une camarade, à lire la scène 5 en essayant de bien respecter les différences de ton, notamment chez Hermione.

Étape 6 • Étudier un personnage tragique : Oreste

SUPPORT • Acte V, scènes 3 et 4.

OBJECTIF • Étudier les caractéristiques d'un personnage tragique

As-tu bien lu ?

1 Où Pyrrhus meurt-il ?

2 Qui le tue ?
- ☐ Hermione
- ☐ Oreste
- ☐ Andromaque

3 Cette mort est-elle montrée aux spectateurs ? Comment l'apprennent-ils ?

4 Comment réagit Hermione à l'annonce de cette mort ?

5 Quelle a été, selon Hermione, la conséquence de la venue d'Oreste en Épire ?

6 Pourquoi Oreste est-il bouleversé dans la scène 4 ?
- ☐ Hermione l'a chassé
- ☐ Il a tué Pyrrhus
- ☐ Il a trahi les siens

L'amour fou d'un prince…

7 Relève un vers qui montre qu'Oreste n'a organisé l'assassinat de Pyrrhus que pour obéir à Hermione.

8 Compare la longueur des répliques d'Oreste et d'Hermione du vers 1495 au vers 1532.
Que constates-tu ? En quoi cela est-il la preuve du manque de lucidité d'Oreste sur les sentiments d'Hermione ?

9 Quels indices du monologue de la scène 4 annoncent la folie d'Oreste ?

… marqué par le malheur

10 Dans le monologue de la scène 4, par quels mots Oreste se désigne-t-il lui-même ?
Par quel mot, prononcé deux fois, désigne-t-il Hermione ? Que lui reproche-t-il ?

11 Dans la deuxième tirade d'Oreste, quel mot annonce la catastrophe que va produire la mort de Pyrrhus ?

La langue et le style

12 Dans la première tirade d'Oreste, par quel type de discours les paroles de Pyrrhus sont-elles rapportées ? Quel effet cela produit-il ?

13 Relève la réplique la plus courte d'Oreste. Comment expliques-tu ce changement soudain de rythme ?

14 Quel est le type de phrase dominant du vers 1629 à 1644 ? Pourquoi ?

Faire le bilan

15 Oreste se voit comme « du malheur un modèle accompli » (v. 1619). Explique cette expression en montrant comment il est un personnage tragique par excellence. Pour répondre, tu pourras t'appuyer sur des exemples précis pris dans les scènes 3 et 4 de l'acte V mais aussi dans l'ensemble de la pièce.

À toi de jouer

16 Apprends le monologue de la scène 4 et dis-le devant tes camarades en prenant bien soin de respecter les règles de diction de l'alexandrin. Rappelle-toi notamment qu'on ne compte pas une syllabe qui se termine par la lettre *–e* en fin de vers, mais que ce *-e* est prononcé à l'intérieur du vers quand il est devant une consonne. N'oublie pas de bien respecter le rythme du texte, de prendre ton temps pour exprimer au mieux les sentiments violents éprouvés par Oreste.

Étape 7 • Étudier les règles d'une tragédie classique à partir de son dénouement

SUPPORT • Acte V, scène 5.

OBJECTIF • Comprendre les règles d'une tragédie classique et les fonctions de son dénouement.

As-tu bien lu ?

1 Qui a désormais le pouvoir en Épire ?
☐ Andromaque
☐ Oreste
☐ Pylade

2 Quel conseil Oreste donne-t-il d'abord à Pylade ?

3 Quel événement tragique Pylade apprend-il à Oreste ?

4 Qu'arrive-t-il à Oreste à la fin de la pièce ?
☐ Il devient fou
☐ Il se tue
☐ Il se marie avec Andromaque

5 Qui Oreste croit-il apercevoir ?

6 Pourquoi Pylade veut-il partir avec Oreste avant que celui-ci ne retrouve ses esprits ?

La fin tragique des héros...

7 Comment Hermione meurt-elle ? Relève tous les éléments qui montrent son extrême émotion puis sa fermeté au moment de mourir.

8 Relève deux vers, dans la tirade des vers 1613 à 1628, qui expriment l'idée qu'Oreste connaît le comble du malheur.

9 Comment comprends-tu l'expression « Mon sort est rempli » (v. 1620) ?

… conforme aux règles de la tragédie classique

10 Où meurt Oreste ? Oreste et les autres personnages ont-ils changé de lieu depuis le début de la pièce ?

11 Pourquoi la mort d'Hermione n'est-elle pas montrée sur scène mais racontée ? Cite un autre personnage dont on a seulement fait le récit de la mort.

12 Combien de temps s'est écoulé entre l'arrivée d'Oreste en Épire et son départ ?

13 Quelle décision, au début de la pièce, amène toute cette succession de malheurs ?

La langue et le style

14 Comment expliques-tu les points de suspension à la fin du vers 1627 ? Quelle indication donnent-ils au comédien qui dit le texte ?

15 Observe les vers 1629 à 1640. Quel est le type de phrase dominant ? Pourquoi ?

Faire le bilan

16 En t'aidant du questionnaire de cette étape et du repère 1 (p. 109), montre comment *Andromaque* respecte parfaitement les règles de la tragédie classique.

À toi de jouer

17 « Pour qui sont ces serpents qui sifflent sur vos têtes ? » (v. 1638). Ce vers, remarquable par ses allitérations en *-s*, est souvent utilisé comme exercice de diction dans les cours de théâtre. Entraîne-toi à le dire plusieurs fois sans te tromper, de plus en plus vite.

18 Fais une recherche sur les les Érinyes, déesses de la vengeance et divinités infernales qu'Oreste croit voir au-dessus de sa tête.

« Si tu ne m'aimes pas je t'aime[1] » ou les caprices de l'amour dans l'art et la littérature : groupement de documents

OBJECTIF • Comparer différentes expressions du thème de l'amour non partagé, dans l'art et la littérature.

DOCUMENT 1 IVAN TOURGUENIEV, *Premier Amour*, chapitre 19, 1860, traduction R. Hofmann, Le Livre de poche.

Le narrateur, adulte, raconte l'histoire de son premier amour pour une jeune voisine de la villa de ses parents, à Moscou. Mais la belle et mystérieuse Zinaïda en aimait un autre.

Une fois que je rentrai pour dîner, à l'issue d'une assez longue promenade, j'appris avec étonnement que j'allais me mettre à table tout seul : mon père était absent et ma mère, souffrante, s'était enfermée à clef dans sa chambre. Le visage des domestiques me fit deviner qu'il venait de se produire quelque chose d'extraordinaire... Je n'osais pas les interroger, mais, comme j'étais au mieux avec Philippe, notre jeune maître d'hôtel, grand chasseur et ami de la guitare, je finis par m'adresser à lui.

Il m'apprit qu'une scène terrible venait d'avoir lieu entre mes parents.

On avait tout entendu à l'office, jusqu'au dernier mot ; bien des choses avaient été dites en français, mais Macha, la bonne, ayant vécu plus de cinq ans à Paris, au service d'une couturière, avait tout compris. Maman avait accusé mon père d'infidélité et lui avait reproché ses trop fréquentes rencontres avec notre jeune voisine. Au début, il avait essayé de se défendre, puis, éclatant brusquement, avait prononcé quelques paroles très dures à propos « de l'âge de Madame » ; ma mère avait fondu en larmes.

1. Citation tirée de l'opéra *Carmen* de Georges Bizet (1875), inspiré de la nouvelle de Prosper Mérimée.

Puis, revenant à la charge, maman avait fait allusion à une lettre de change[2] qu'elle aurait donnée à la vieille princesse[3] et se serait permis des remarques fort désobligeantes sur son compte et sur celui de sa fille. Là-dessus, mon père l'avait menacée...

« Tout le malheur est venu d'une lettre anonyme, ajouta Philippe... On ne sait toujours pas qui a bien pu l'écrire ; sans cela, le pot aux roses n'aurait jamais été découvert.

– Mais est-ce qu'il y eut vraiment quelque chose ? » articulai-je à grand-peine, en sentant mes bras et mes jambes se glacer, tandis que quelque chose frissonnait au fond de ma poitrine.

Philippe cligna de l'œil d'un air entendu :

« Que voulez-vous, ce sont là des histoires qu'on ne peut pas cacher éternellement... Votre père a beau être prudent, mais il lui a bien fallu, par exemple, louer une voiture... On ne peut jamais se passer des domestiques. »

Je renvoyai le maître d'hôtel et m'effondrai sur mon lit...

Je ne pleurais pas, ne m'abandonnais pas au désespoir, ne me demandais pas quand et comment cela s'était produit, ne m'étonnais point de ne pas m'en être douté plus tôt, n'accusais même pas mon père...

Ce que je venais d'apprendre était au-dessus de mes forces... J'étais écrasé, anéanti... Tout était fini... Mes belles fleurs gisaient, éparses autour de moi, piétinées, flétries.

2. **Lettre de change** : document que l'on envoie à quelqu'un qui vous doit de l'argent pour lui donner l'ordre de vous payer.
3. La mère de Zinaïda, ruinée, était venue réclamer une aide financière aux parents du narrateur.

DOCUMENT 2 PROSPER MÉRIMÉE, *Carmen*, IIIe partie, 1845.

Pour l'amour de Carmen, une gitane sensuelle et envoûtante, Don José, qui se destinait à la carrière militaire, est devenu brigand. Mais la volage bohémienne lui avoue qu'elle ne l'aime plus et il ne peut le supporter. La scène se passe dans le sud de l'Espagne, en Andalousie.

– Carmen, lui dis-je, voulez-vous venir avec moi ?

Elle se leva, jeta sa sébile[1], et mit sa mantille[2] sur sa tête comme prête à partir. On m'amena mon cheval, elle monta en croupe et nous nous éloignâmes.

– Ainsi, lui dis-je, ma Carmen, après un bout de chemin, tu veux bien me suivre n'est-ce pas ?

– Je te suis à la mort, oui, mais je ne vivrai plus avec toi.

Nous étions dans une gorge solitaire ; j'arrêtai mon cheval. – Est-ce ici ? – dit-elle, et d'un bond elle fut à terre. Elle ôta sa mantille, la jeta à ses pieds, et se tint immobile un poing sur la hanche, me regardant fixement.

– Tu veux me tuer, je le vois bien, dit-elle ; c'est écrit, mais tu ne me feras pas céder.

– Je t'en prie, lui dis-je, sois raisonnable. Écoute-moi ! tout le passé est oublié. Pourtant, tu le sais, c'est toi qui m'as perdu ; c'est pour toi que je suis devenu un voleur et un meurtrier. Carmen ! ma Carmen ! laisse-moi te sauver et me sauver avec toi.

– José, répondit-elle, tu me demandes l'impossible. Je ne t'aime plus ; toi, tu m'aimes encore, et c'est pour cela que tu veux me tuer. Je pourrais bien encore te faire quelque mensonge ; mais je ne veux pas m'en donner la peine. Tout est fini entre nous. Comme mon rom[3], tu as le droit de tuer ta romi[4] ; mais Carmen sera toujours libre. Calli[5] elle est née, calli elle mourra.

– Tu aimes donc Lucas ? lui demandai-je.

– Oui, je l'ai aimé, comme toi, un instant, moins que toi peut-être. À présent, je n'aime plus rien, et je me hais pour t'avoir aimé.

1. **Sébile** : petite coupe destinée à recevoir de l'argent.
2. **Mantille** : écharpe de dentelle couvrant la tête et les épaules.
3. **Rom** : homme, dans la langue des gitans.
4. **Romi** : femme, dans la langue des gitans.
5. **Calli** : gitane.

DOCUMENT 3 LE BERNIN (1598-1680), *Apollon et Daphné,* 1625. Sculpture. Rome, galerie Borghèse.

Sculpteur, architecte et peintre italien, Le Bernin est un représentant de l'art baroque, dont l'une des caractéristiques est la représentation du mouvement.

As-tu bien lu ?

1 Document 1

Quel personnage est amoureux d'une femme qui ne l'aime pas ?

☐ Philippe, le maître d'hôtel
☐ le père du narrateur
☐ le narrateur

2 Document 2

Qui est Lucas ?

Un terrible secret (document 1)

3 Dans le texte de Tourgueniev, qui est le narrateur ? En quoi cela rend-il le récit plus pathétique ?

4 Relève dans le premier paragraphe les indices qui montrent l'existence d'un secret.

5 Qui est le rival du narrateur ? Montre par quelles étapes successives le narrateur l'apprend.

6 Relève les éléments qui décrivent les manifestations physiques du désespoir du narrateur.

Quand l'amour n'a pas de loi (document 2)

7 Au début du texte de Mérimée, relève une phrase qui montre les sentiments contradictoires de Carmen.

8 Montre comment Carmen met en scène sa propre mort.

9 Comment qualifierais-tu le caractère de Carmen ? Justifie ta réponse en citant précisément le texte.

Lire l'image

10 Observe bien les personnages : quels détails montrent la métamorphose de Daphné ?

11 Comment le sculpteur a-t-il réussi à suggérer le mouvement ? Est-ce, selon toi, quelque chose de courant pour une statue ?

12 Quels sentiments apparaissent sur le visage d'Apollon et de Daphné ?

13 Décris le mouvement des bras des deux personnages. Qu'exprime-t-il ?

14 Pourquoi, selon toi, les personnages sont-ils nus ?

Faire le bilan

15 Montre comment, dans les documents étudiés, le thème de l'amour non partagé est toujours associé à celui de la douleur. Tu peux t'aider, pour les deux textes, du lexique, des types de phrase utilisés, du rythme des phrases... et, pour la sculpture du Bernin, du travail de l'expression et du mouvement.

À toi de jouer

16 Fais une recherche sur Internet et retrouve dans *Carmen*, l'opéra de Georges Bizet, l'air célèbre de *La Habanera*. Écoute bien les paroles : quel est le thème principal de la chanson ?

17 Lis, dans les *Métamorphoses* d'Ovide (I, v. 416-567), l'histoire d'Apollon et de Daphné et représente-la à ton tour sous la forme d'un dessin, d'une sculpture, d'un collage...

18 Va sur le site de la galerie Borghèse et trouve une autre sculpture du Bernin représentant un prince troyen qui a connu lui aussi un amour non partagé avec une reine carthaginoise. Quelle est cette statue ? Et quel est le nom des deux personnages ?

Andromaque n'a pas été inventée par Racine. Elle apparaît pour la première fois au VIIIe siècle avant J.-C dans l'Iliade d'Homère. On la retrouve ensuite chez d'autres auteurs antiques mais aussi sur des vases en céramique. Après le classicisme qui, au XVIIe siècle, redécouvre l'Antiquité, c'est à David, peintre de la fin du XVIIIe siècle, de présenter sa vision du personnage. Baudelaire au XIXe siècle et Giorgio De Chirico au XXe siècle en montrent à leur tour une autre facette. Quant à la pièce de Racine, elle n'a cessé d'être jouée depuis sa création en 1667.

Le personnage d'Andromaque dans l'art et la littérature

1 L'Andromaque d'Homère

Andromaque apparaît pour la première fois dans l'*Iliade *d'Homère. Mais le poète grec ne crée pas le personnage : il puise son inspiration dans le cycle des récits mythologiques autour de la guerre de Troie, transmis oralement avant lui.

● ANDROMAQUE DANS L'*ILIADE*

L'*Iliade* est, avec l'*Odyssée*, l'un des deux longs poèmes épiques* écrits par le Grec Homère au VIIIe siècle avant J.-C. Le sujet en est la colère d'Achille, un épisode décisif de la fin de la guerre de Troie qui oppose Grecs et Troyens. À la fin du poème, la guerre n'est pas terminée mais le principal chef des Troyens, Hector, époux d'Andromaque, est tué par Achille, père de Pyrrhus.

Extrait de l'*Iliade*, chant VI

Hector, avant de partir au combat, dit adieu à sa femme. La tendresse d'Andromaque et d'Hector envers leur fils qui leur arrache un sourire au milieu des larmes, le souci du détail dans la description du casque d'Hector sont des éléments qui inspirent les peintres de vases dans l'Antiquité.

« Hector, tu es pour moi tout à la fois un père, une mère chérie, un frère, en même temps qu'un fort et jeune époux. Maintenant donc, allons ! nous prenant en pitié, reste ici sur le mur. Ne rends pas orphelin ton fils, ta femme veuve ! » [...]

Hector répond à sa femme : il comprend sa douleur, mais il partira au combat.

Et le brillant Hector, ayant ainsi parlé, tend les bras vers son fils. Mais l'enfant se détourne ; il se blottit contre le sein de sa nourrice à la belle ceinture, et crie, épouvanté par l'aspect de son père : c'est l'airain[1] qui l'effraie, et le panache aussi, fait de crins de cheval, qu'il voit se balancer, terrible, en haut du casque.

(Trad. R. Flacelière, Gallimard, La Pléiade, 1955.)

● HECTOR ET ANDROMAQUE SUR UN CRATÈRE CHALCIDIEN

L'art de la céramique[2], dans l'Antiquité, est d'abord géométrique. En Grèce, à partir du milieu du VIIIe siècle, des personnages apparaissent aussi sur les vases. La principale source d'inspiration des peintres est la mythologie : les travaux d'Hercule, l'histoire d'Œdipe, de Thésée, les récits autour de la guerre de Troie...

À quoi sert un cratère ?

Le mot vient du verbe grec *krateîn*, « mélanger ». C'est le vase dans lequel on mélangeait le vin, toujours très épais, avec de l'eau avant de le boire. Le sens actuel du mot vient de la forme du cratère des volcans, semblable à celle de l'encolure du vase grec.

La céramique chalcidienne

On appelle ainsi la production d'objets en céramique trouvés en Italie du Sud et fabriqués par des colons grecs originaires de la ville grecque de Chalcis, au VIe siècle avant J.-C. C'est la seule céramique qui puisse rivaliser avec la céramique attique (région d'Athènes) de la même époque.

Les Adieux d'Hector et d'Andromaque.
Vase en céramique chalcidienne à figures noires, époque archaïque (VIe siècle av. J.-C.). Musée Martin von Wagner, université de Würzburg.

2. Le mot « céramique » vient du nom de l'un des cimetières d'Athènes, le Céramique, autour duquel de nombreux potiers avaient installé leurs ateliers.

Figures noires sur fond rouge ou rouges sur fond noir ?

Les vases les plus anciens sont à figures noires sur fond rouge. À partir de 530 avant J.-C., les couleurs sont inversées et la technique change. Les vases sont à figures rouges sur fond noir et les détails sont peints au lieu d'être incisés, ce qui permet une plus grande finesse dans la réalisation. Dans les deux cas, l'argile, avant d'être façonnée sur un tour puis séchée à l'air libre, est purifiée et ensuite malaxée. La différence entre les deux techniques tient surtout au mode de cuisson. Le décor est dessiné avant le passage au four et, selon la méthode choisie, en cuisant le vase prend des teintes différentes.

Histoire des arts

Observe le vase reproduit p. 135 pour répondre aux questions suivantes.

1. Présentation et contexte de l'œuvre

a. Indique le type d'objet, la matière, l'auteur, la date, le lieu de conservation.

b. Quelle technique a été utilisée pour faire ressortir les personnages ?

c. Où le vase a-t-il été trouvé ?

2. Observation de l'œuvre

a. Quelle est la scène représentée sur le vase ?

b. Quel personnage présent dans le texte d'Homère manque sur cette représentation ?

c. Comment la perspective est-elle suggérée dans la représentation des chevaux ?

3. Interprétation

a. Dans quelle direction regarde chacun des personnages? Pourquoi, à ton avis ?

b. Quels indices montrent qu'Hector est sur le point de partir au combat ?

c. Comment voit-on qu'Andromaque essaie de persuader Hector de rester ?

2 Andromaque et le néoclassicisme

Les grands personnages de l'Antiquité, mythologiques ou historiques, n'ont cessé d'être une source d'inspiration pour les écrivains et les artistes. Au XVIIe siècle, ils nourrissent les œuvres des « classiques », tel Racine. Un siècle plus tard, David et sa peinture néoclassique puisent de nouveau à cette source.

● CLASSICISME ET NÉOCLASSICISME

L'art et la littérature classiques, au XVIIe siècle, imitent l'Antiquité à laquelle ils empruntent son goût pour l'harmonie, la mesure, la vraisemblance (voir repère 1, p. 108-109). À la fin du XVIIIe siècle, alors que l'on vient de découvrir le site de Pompéi, naît le courant néoclassique : ce qui intéresse les artistes de cette époque, c'est surtout le message de droiture, de rigueur morale, de fidélité à la parole donnée que l'Antiquité a transmis à travers ses œuvres et ses personnages.

● JACQUES LOUIS DAVID

Jacques Louis David (1748-1825) est le peintre français le plus représentatif du néoclassicisme. Après un voyage à Rome, l'Antiquité devient sa principale source d'inspiration. Sa peinture se veut morale. Elle transmet, par le choix de ses sujets, la simplicité de ses compositions, des valeurs de courage et de vertu morale, comme dans *Le Serment des Horaces* (1784) ou *Les Sabines* (1799). David est aussi le peintre du *Sacre de Napoléon Ier* (1807-1808). Ces tableaux sont conservés au Louvre.

Jacques Louis David, Autoportrait,

● ANDROMAQUE, UN SUJET NÉOCLASSIQUE PAR EXCELLENCE

Le personnage d'Andromaque avait tout pour plaire à David. Elle symbolise en effet la noblesse de caractère, la fidélité et le courage, valeurs que les peintres néoclassiques veulent transmettre dans leurs œuvres. Le tableau intitulé *La Douleur d'Andromaque devant le corps d'Hector* (voir 2e de couverture) est particulièrement important dans la carrière de David puisque c'est celui qu'il choisit pour se présenter à l'Académie de peinture.

Histoire des arts

Observe le tableau reproduit en deuxième de couverture pour répondre aux questions suivantes.

1. Présentation et contexte de l'œuvre

a. Indique le titre du tableau, la matière, l'auteur, la date, le lieu de conservation.

b. À quelle occasion ce tableau a-t-il été peint ?

c. À quel courant artistique cette œuvre appartient-elle ?

2. Observation de l'œuvre

a. Quelle est la scène représentée?

b. Quels objets appartenant à Hector sont représentés ?

c. Quels éléments du décor permettent de situer la scène dans son contexte historique ?

3. Interprétation

a. Étudie le jeu des regards. Qu'expriment-ils ?

b. Montre comment Andromaque est bien le personnage central du tableau.

c. En t'appuyant sur les réponses faites aux questions précédentes, explique le titre du tableau.

3 Figure de l'exil et de la nostalgie : l'Andromaque de Baudelaire

Dans « Le Cygne », poème des* Fleurs du mal *publié en 1861*[1]*, Baudelaire évoque la figure d'Andromaque dont il fait le symbole d'un douloureux exil. Comme le cygne égaré loin de sa ménagerie, comme Victor Hugo, exilé politique à Guernesey, comme l'amoureux de Paris qu'est Baudelaire qui voit la ville aimée disparaître avec les plans d'urbanisation du préfet Haussmann, la veuve d'Hector vit dans la souffrance du déracinement.

● CHARLES BAUDELAIRE

Baudelaire est un poète français né à Paris en 1821, mort à Paris, à 46 ans, en 1867. Son recueil *Les Fleurs du mal* est jugé immoral à sa parution et il doit en retrancher plusieurs poèmes pour pouvoir le rééditer en 1861. Baudelaire est tourmenté par le mystère de la souffrance et du mal. Mais le poète a le pouvoir de se saisir de la laideur pour en faire un bel objet artistique à travers sa vision du monde, symbolique et sensorielle. La poésie de Baudelaire est celle de l'expression des sensations ; elle n'est ni réaliste ni morale.
Baudelaire a aussi écrit son journal intime, *Mon cœur mis à nu* (1864), les *Petits Poèmes en prose* (ou *Le Spleen de Paris*, 1869) et des écrits sur l'art.

Charles Neyt, Portrait de Charles Baudelaire, *vers 1864. Paris, BN.*

1. Le poème ne figurait pas dans l'édition de 1857.

À Victor Hugo

Le Cygne

I

Andromaque, je pense à vous ! Ce petit fleuve,
Pauvre et triste miroir où jadis resplendit
L'immense majesté de vos douleurs de veuve,
Ce Simoïs[1] menteur qui par vos pleurs grandit,

A fécondé soudain ma mémoire fertile,
Comme je traversais le nouveau Carrousel[2].
Le vieux Paris n'est plus (la forme d'une ville
Change plus vite, hélas ! que le cœur d'un mortel) ;

Je ne vois qu'en esprit tout ce camp de baraques,
Ces tas de chapiteaux ébauchés et de fûts,
Les herbes, les gros blocs verdis par l'eau des flaques,
Et, brillant aux carreaux, le bric-à-brac confus.

Là s'étalait jadis une ménagerie ;
Là je vis, un matin, à l'heure où sous les cieux
Froids et clairs le Travail s'éveille, où la voirie
Pousse un sombre ouragan dans l'air silencieux,

Un cygne qui s'était évadé de sa cage,
Et, de ses pieds palmés frottant le pavé sec,
Sur le sol raboteux traînait son blanc plumage.
Près d'un ruisseau sans eau la bête ouvrant le bec

1. Simoïs : fleuve qui coule à Troie
2. Les alentours du Carrousel du Louvre ont été entièrement réaménagés par Haussmann.

Baignait nerveusement ses ailes dans la poudre,
Et disait, le cœur plein de son beau lac natal :
« Eau, quand donc pleuvras-tu ? Quand tonneras-tu, foudre ? »
Je vois ce malheureux, mythe étrange et fatal,

Vers le ciel quelquefois, comme l'homme d'Ovide[3]
Vers le ciel ironique et cruellement bleu,
Sur son cou convulsif tendant sa tête avide,
Comme s'il adressait des reproches à Dieu !

Elsa Lepoivre (Cléone) dans Andromaque, *dirigée par Muriel Mayette. Théâtre de l'Orange, 14 juin 2011.*

3. Dans les *Métamorphoses*, le poète latin Ovide (Iᵉʳ siècle av. J.-C.) dit de l'homme qu'il est le seul animal à lever les yeux vers le ciel.

II

Paris change ! mais rien dans ma mélancolie
N'a bougé ! palais neufs, échafaudages, blocs,
Vieux faubourgs, tout pour moi devient allégorie,
Et mes chers souvenirs sont plus lourds que des rocs.

Aussi, devant ce Louvre une image m'opprime :
Je pense à mon grand cygne, avec ses gestes fous,
Comme les exilés, ridicule et sublime,
Et rongé d'un désir sans trêve ! et puis à vous,

Andromaque, des bras d'un grand époux tombée[4],
Vil bétail, sous la main du superbe Pyrrhus,
Auprès d'un tombeau vide en extase courbée ;
Veuve d'Hector, hélas ! et femme d'Hélénus[5] !

Je pense à la négresse[6], amaigrie et phtisique[7]
Piétinant dans la boue, et cherchant, œil hagard,[8]
Les cocotiers absents de la superbe Afrique
Derrière la muraille immense du brouillard ;

À quiconque a perdu ce qui ne se retrouve
Jamais, jamais ! à ceux qui s'abreuvent de pleurs
Et tètent la Douleur comme une bonne louve !
Aux maigres orphelins séchant comme des fleurs !

Ainsi dans la forêt où mon esprit s'exile
Un vieux Souvenir sonne à plein souffle du cor !
Je pense aux matelots oubliés dans une île,
Aux captifs, aux vaincus !... à bien d'autres encor !

4. Grand époux : il s'agit d'Hector.
5. Chez Virgile, Andromaque, captive, épouse le roi Hélénus (ou Hélénos).
6. Nègre se dit pour noir au XIXe siècle, sans aucune connotation péjorative.
7. Phtisie : tuberculose pulmonaire.
8. L'œil hagard : le regard perdu.

4 Hector et Andromaque réinventés par Giorgio De Chirico

Giorgio De Chirico (1888-1978) est un peintre italien. Très tôt initié au dessin et à la peinture, il expose à Paris en 1912, puis en Europe et aux États-Unis. Dans son œuvre peinte et sculptée, il cherche avant tout à représenter sa vision rêvée, sa vision intérieure de la réalité. L'Antiquité est l'une de ses sources d'inspiration préférées.

● ENTRE LE RÊVE ET LA RÉALITÉ

L'univers de Giorgio De Chirico associe des éléments qui n'ont ni liens réels ni liens logiques : il mêle le passé au présent, représente ses personnages sous forme de mannequins ou de statues de plâtre. Il n'utilise pas les éléments de la vie réelle pour la représenter telle qu'elle est, mais pour montrer sa propre réalité. Ce qu'il appelle « peinture métaphysique » est un art qui permet de faire voir ce que les yeux ne voient pas, de proposer au regard du spectateur la réalité intérieure du peintre.

Giorgio De Chirico (1888-1978), Autoportrait sur fond vert, *1920. Collection privée.*

● GIORGIO DE CHIRICO ET LE SURRÉALISME

Même s'il n'en a jamais fait partie, Giorgio de Chirico est associé au surréalisme, défini par André Breton dans son *Manifeste du surréalisme* en 1924. Ce mouvement, littéraire et artistique, revendique le droit d'exprimer non pas la réalité mais ce qui est dans l'inconscient et dans les rêves de l'homme. Chirico, qui mélange dans sa peinture imaginaire et réalité est d'abord admiré par les surréalistes, mais Breton rompt avec lui en 1926 parce qu'il juge que sa peinture est devenue plus classique, plus réaliste et qu'elle n'est donc plus conforme aux valeurs du surréalisme.

Histoire des arts

Observe le tableau reproduit en troisième de couverture pour répondre aux questions suivantes.

1. Présentation et contexte de l'œuvre

a. Indique le titre du tableau, la matière, l'auteur, la date, le lieu de conservation.

b. À quel courant artistique cette œuvre appartient-elle ?

2. Observation de l'œuvre

a. Quelle est la scène représentée ?

b. Quels détails montrent qu'il s'agit d'un homme et d'une femme ?

c. En quoi cette scène n'est-elle pas réaliste ?

d. Quel est l'élément central du tableau ? Pourquoi ?

e. Décris le décor en quelques lignes. Quelles sont ses caractéristiques ?

3. Interprétation

a. Étudie l'attitude des personnages. Qu'exprime-t-elle ?

b. Explique pourquoi Giorgio De Chirico a appelé son tableau *Hector et Andromaque*.

5 *Andromaque* sur scène

Depuis sa création, en 1667,* Andromaque *n'a cessé d'être représentée. La pièce plaît aux spectateurs en raison de la beauté de la langue de Racine et de ses thèmes qui n'ont pas d'époque : la fidélité, la douleur d'un amour non partagé. Mais elle séduit aussi les comédiens par la diversité psychologique et la richesse de ses personnages.

● LA PREMIÈRE REPRÉSENTATION

Andromaque est donnée la première fois à Versailles, dans les appartements de la reine, le 17 novembre 1667. Louis XIV et son épouse Marie-Thérèse d'Autriche apprécient beaucoup la pièce. Elle est ensuite donnée à l'Hôtel de Bourgogne, l'un des principaux lieux des représentations théâtrales à Paris au XVIIe siècle, où elle connaît immédiatement un très grand succès. Le rôle d'Andromaque est tenu par une très célèbre actrice, Mlle du Parc (« la du Parc »), qui a quitté depuis peu la troupe de Molière. L'âge des comédiens ne correspond pas à celui des personnages. Pyrrhus, par exemple, est joué par Floridor (59 ans), Hermione par Mlle des Œillets (46 ans), Oreste par Montfleury (plus de 60 ans). Au XVIIe siècle on considère en effet que l'interprétation, la capacité à exprimer les sentiments est le plus important.

● DES RÔLES EN OR POUR RACHEL ET SARAH BERNHARDT

Rachel (1821-1858), en 1838, renouvelle complètement l'interprétation du rôle d'Hermione. Sa fougue, sa capacité à exprimer la violence du personnage font qu'elle éclipse l'actrice qui joue le rôle d'Andromaque. Grande tragédienne, instinctive et puissante, Rachel est le modèle d'une autre très grande comédienne, Sarah Bernhardt (1844-1923). Cette figure marquante de la vie théâtrale de la fin

Rachel Felix, dite Mlle Rachel, dans le rôle d'Hermione, 1839. Gravure.

Sarah Bernhardt, photographie de Nadar.

du XIXe siècle interprète Andromaque d'une façon très personnelle, en en faisant une femme à la fois coquette et violente.

● À LA COMÉDIE-FRANÇAISE EN 2010

En octobre 2010, la nouvelle administratrice[1] de la Comédie-Française, Muriel Mayette, signe une nouvelle mise en scène d'*Andromaque*, la pièce la plus jouée dans la maison de Molière[2] depuis sa création : 1 536 fois ! Elle la veut sobre et dépouillée, avec un travail sur la diction des vers pour les restituer sans emphase et laisser entendre tout simplement la musique des vers raciniens. Le décor est « classique, aérien, c'est un lieu de croisements, un entre-deux, un parquet de palais et une ruine prochaine. C'est une verticale qui donne leurs justes proportions aux personnages. » (Muriel Mayette, *Andromaque ou le Chant des morts*, octobre 2010, site de la Comédie-Française).

La pièce a été reprise début 2013.

1. Administratrice : directrice.
2. Maison de Molière : surnom donné à la Comédie-Française, société de comédiens née de la fusion, ordonnée par Louis XIV en 1680, de la troupe de Molière et de celle de l'Hôtel de Bourgogne.

Histoire des arts

Observe la photographie ci-dessous pour répondre aux questions suivantes.

1. Présentation et contexte de l'œuvre

a. Indique le titre de la pièce, le nom de l'auteur, la date de la mise en scène et le nom du metteur en scène.

b. Dans quel théâtre la pièce a-t-elle été représentée ?

2. Observation de la photographie

a. Quelle est la scène représentée ?

b. Comment les personnages sont-ils vêtus ?

c. Quels sont les éléments principaux du décor ? Quelles sont leurs caractéristiques ?

3. Interprétation

a. Observe l'attitude des acteurs. Qu'exprime-t-elle ?

b. Pourquoi, à ton avis, Muriel Mayette a-t-elle choisi de faire une mise en scène aussi dépouillée ?

Andromaque *à la Comédie-Française. Mise en scène de Muriel Mayette, octobre 2010. Sur la photographie : Éric Ruf, Cécile Brune, Céline Samie.*

Petit lexique de la tragédie

Acte : Nom donné à chacune des grandes parties d'une pièce de théâtre. Le plus souvent, le changement d'acte correspond à un changement de lieu ; le rideau se ferme pour permettre le changement de décor.

Alexandrin : Vers de douze syllabes. L'alexandrin est le vers de la tragédie classique.

Aparté : Il y a aparté lorsqu'un personnage parle sans être entendu d'un autre personnage alors que le public, lui, l'entend.

Auteur dramatique : Auteur d'une pièce de théâtre. *Synonyme :* dramaturge.

Catharsis : Purification de l'âme ou purgation des passions du spectateur par la terreur et la pitié qu'il éprouve devant le spectacle d'une destinée tragique.

Cycle : Dans l'art et la littérature, un cycle désigne un ensemble d'œuvres du même genre, centrées sur un même thème ou un même personnage.

Dénouement : Fin de la pièce, moment où tout s'explique et se résout.

Dialogue : Échange de répliques entre les personnages.

Didascalie : Indication de l'auteur au metteur en scène ou au lecteur, figurant en italique dans le texte de la pièce, sur le décor, les costumes, le ton ou les gestes.

Dramaturge : Auteur de pièces de théâtre. *Synonyme :* auteur dramatique.

Éponyme : En littérature, un personnage éponyme donne son nom à l'œuvre entière.

Épopée : Long récit poétique d'aventures héroïques où intervient le merveilleux, comme l'*Odyssée* et l'*Iliade* d'Homère, ou l'*Énéide* de Virgile.

Exposition : Partie initiale d'une œuvre où sont présentés les personnages et les circonstances du drame ou de l'intrigue.

Galant (vocabulaire)	Vocabulaire délicat et souvent imagé utilisé dans le discours amoureux.
Intrigue	Ensemble des actions accomplies par les personnages.
Licence poétique	Faculté laissée au poète d'utiliser une forme, une construction, une prononciation qui n'est pas conforme à l'usage habituel. Par exemple : *encor* pour *encore*, *je doi* pour *je dois*.
Litote	Figure de style consistant à atténuer l'expression de la pensée, qui permet de dire le moins pour faire entendre le plus. *Exemple :* « Va, je ne te hais point » (Corneille, *Le Cid*, III, 4) permet à Chimène d'avouer à Rodrigue qu'elle l'aime, alors que celui-ci vient de tuer le père de la jeune fille.
Monologue	Passage où un personnage parle seul sur scène. Par convention, on considère que le monologue exprime les pensées d'un personnage aux spectateurs.
Nœud (de l'intrigue)	Péripétie ou suite de péripéties qui, dans une œuvre littéraire, notamment une pièce de théâtre, mène l'action à son point culminant.
Réplique	Ce qu'un acteur doit dire en une seule fois. Dans le texte de la pièce, devant chaque nouvelle réplique, est écrit le nom du personnage qui parle.
Scène	***1.*** Lieu où jouent les acteurs. On peut aussi parler des « planches » ou du « plateau ». ***2.*** Nom donné à chacune des parties d'un acte. On change de scène lorsqu'un personnage arrive ou s'en va.
Tirade	Longue réplique dans laquelle un personnage développe une idée importante.
Tragédie	Genre théâtral inventé en Grèce, dans l'Antiquité. Souvent en vers, une tragédie raconte les histoires terribles arrivées à des personnages mythologiques ou historiques. Racine et Corneille ont écrit des tragédies.

À lire et à voir

● POUR MIEUX CONNAÎTRE RACINE ET SON ŒUVRE

www.amisdeportroyal.org

Le site de l'association des Amis de Port-Royal consacre une page riche d'informations à « l'enfant de Port-Royal ».

www.comedie-francaise.fr

Le site de la Comédie-Française propose un dossier pédagogique sur *Andromaque*.

● LIRE D'AUTRES PIÈCES DE RACINE

Si tu es un bon lecteur, tu peux lire aussi d'autres pièces de Racine, et notamment :

Britannicus (1669)

HATIER, COLLECTION « CLASSIQUES & CIE LYCÉE », 2012

Britannicus et Junie s'aiment mais, pour leur malheur, l'empereur Néron, despote cruel, éprouve pour la jeune fille une violente passion.

Bérénice (1670)

HATIER, « CLASSIQUES & CIE LYCÉE », 2012

La raison d'État plus forte que l'amour sincère et réciproque entre l'empereur de Rome Titus et Bérénice, la reine venue d'Orient.

Phèdre (1677)
HATIER, « CLASSIQUES & CIE LYCÉE », 2011

Phèdre, l'épouse du roi d'Athènes, aime passionnément son beau-fils, Hippolyte, auquel elle déclare sa flamme en l'absence de son mari. Mais lui en aime une autre. L'histoire d'un amour interdit et destructeur.

● ŒUVRES DE L'ANTIQUITÉ QUI ONT INSPIRÉ RACINE

Homère
Iliade, VIIIe siècle av. J.-C.
Traduction de Paul Mazon, GALLIMARD, FOLIO, 1988

Euripide
Andromaque, Les Troyennes, Ve siècle av. J.-C.
Tragédies complètes, tomes 1 et 2, édition de Marie Delcourt-Cuvers, GALLIMARD, FOLIO, PARIS, 1988

Virgile
Énéide, Ier siècle av. J.-C.
ÉDITION DE JACQUES PERRET, GALLIMARD, COLLECTION « FOLIO », PARIS, 1974

Sénèque
Les Troyennes, Ier siècle apr. J.-C.
Théâtre complet, volume 1, préface et notice de Florence Dupont,
IMPRIMERIE NATIONALE, COLLECTION « LE SPECTATEUR FRANÇAIS », PARIS, 1991

● ANDROMAQUE APRÈS RACINE

Charles Baudelaire
« Le Cygne », poème du recueil *Les Fleurs du mal*, 1857
(voir enquête p. 140-142)

Georges Fourest
La Négresse blonde, 1909

Recueil de sept petits pastiches, dont l'un est consacré au personnage d'Andromaque.

Jean Giraudoux
La guerre de Troie n'aura pas lieu, 1935

Dans Troie assiégée, Hector, le chef troyen, décide de rendre Hélène aux Grecs pour éviter la guerre. Andromaque et les Troyennes veulent la paix, mais, pour Priam et les vieillards troyens, une telle démarche relève de la lâcheté. Malgré tous les efforts d'Hector et d'Ulysse, le chef grec, « la guerre de Troie aura lieu ».

Marcel Aymé
Uranus, 1948
GALLIMARD, « FOLIO », 1990

Dans ce roman qui se déroule dans une petite ville de Normandie durant les mois qui suivent la Libération, le cafetier Léopold Lajeunesse accueille dans son établissement une classe de troisième et son professeur de français. En écoutant les cours, il se découvre une passion pour Racine et *Andromaque*.

● QUELQUES FILMS

Les Troyennes
Film anglais, américain et grec de Michel Cacoyannis, 1971

Avec Katharine Hepburn, Vanessa Redgrave, Geneviève Bujold, Irène Papas.
Transposition à l'écran de la tragédie d'Euripide. Les femmes de Troie sont réduites à l''esclavage après la chute de la ville. Film en noir et blanc, à la beauté austère.

Troie
Film américain de Ridley Scott, 2004

Un péplum avec Brad Pitt, Orlando Bloom, Diane Kruger.
La guerre de Troie vue par Hollywood.

Saint-Cyr
Film français de Patricia Mazuy, 2000

Ce film restitue l'atmosphère de la maison royale de Saint-Louis, à Saint-Cyr, près de Paris, pensionnat créé par madame de Maintenon pour les jeunes filles de la noblesse pauvre, pour lesquelles Racine écrivit ses deux dernières pièces, d'inspiration biblique : *Esther* (1689) et *Athalie* (1691).

● POUR ALLER PLUS LOIN

Alain Couprie
Jean Racine, *Andromaque*
HATIER, COLLECTION « PROFIL D'UNE ŒUVRE », 2001

Ce petit ouvrage donne de nombreuses clés pour comprendre la genèse, les thèmes, la construction et les enjeux de la pièce.

Jacqueline de Romilly
La Tragédie grecque
PRESSES UNIVERSITAIRES DE FRANCE, COLLECTION « QUADRIGE », 1970

La grande helléniste explique comment est apparu le genre, analyse ses règles et présente les trois grands auteurs tragiques : Eschyle, Sophocle, Euripide et leurs œuvres.

Ariane Eissen
Les Mythes grecs
Belin, 1993

Une étude des mythes antiques et de leur présence dans la littérature et l'art, des sources antiques à nos jours. Quelques pages sont consacrées à *Andromaque*.

Paul Faure
La Grèce au temps de la guerre de Troie
Hachette, collection « La vie quotidienne », 1994

Pour comprendre la part du mythe et de l'histoire.

Jean-Pierre Landry et Isabelle Morlin
La Littérature française au XVIIe siècle
Armand Colin, 1993

Ouvrage universitaire, simple et précis.

Table des illustrations

Plat 2	ph © Luisa Ricciarini/Leemage
2	Coll. Archives Hatier
8	Coll. Archives Hatier
31	Coll. Archives Hatier
49	Coll. Archives Hatier/Ph. Roger Pic © ADAGP, Paris, 2013
69	Coll. Archives Hatier
91	ph © René-Gabriel Ojéda/RMN-Grand Palais (musée du Louvre)
99	ph © Benjamin Decoin/Visual Press Agency
105	Coll. Archives Hatier
106	Coll. Archives Hatier
129	ph © Jemolo/Leemage
135	Coll. Archives Hatier
137	ph © Josse/Leemage
139	ph © Rue des Archives/RDA
141	ph © Jean Marc Zaorski/Gamma-Rapho
143	ph © Superstock/Leemage © ADAGP, Paris, 2013
146-d	ph © Jean Bernard/Leemage
146-g	ph © Tallandier/Rue des Archives
147	ph © Raphael Gaillarde/Gamma-Rapho
Plat 3	ph © Electa/Leemage © ADAGP, Paris, 2013

Suivi éditorial : Luce Camus
Principe de maquette : Marie-Astrid Bailly-Maître & Sterenn Heudiard
Mise en page : CGI
Iconographie : Hatier Illustration
Illustrations intérieures : Nathalie Ragondet

Hatier s'engage pour l'environnement en réduisant l'empreinte carbone de ses livres.
Celle de cet exemplaire est de :
400 g éq. CO_2
Rendez-vous sur
www.hatier-durable.fr

PAPIER À BASE DE
FIBRES CERTIFIÉES

IMPRIM'VERT

Achevé d'imprimer par Grafica Veneta à Trebaseleghe - Italie
Dépôt légal : 96672-9/02 - décembre 2013